- Wanneer jy 'n romanse lees, veroorsaak dit 'n chemiese reaksie in jou brein wat jou goed laat voel.
- Dit verlig stres op 'n natuurlike manier.
- Jy ervaar 'n gevoel van emosionele versorging omdat die held die heldin se diepste behoeftes verstaan.
- Lesers voel dat dit hulle insig in hul eie verhoudingsprobleme gee.
- Dit dra by tot vroue se bemagtigingsproses omdat die heldin 'n vrou in eie reg is.
- Die jongste lesers is tieners en die oudstes is in hul 90's.
- Romanselesers is die mees belese lesers in die wêreld. Hulle is sterk, intelligente en kreatiewe vroue wat presies weet wat hulle wil hê.
- Sielkundiges stem saam dat die romanseleser warm, vriendelik en sensueel is.
- Daar is omtrent twee persent mans wat romanses lees. Baie van hulle lees dit omdat hulle graag wil weet hoe vroue voel en dink.

Malene Breytenbach woon in Stellenbosch met haar man, Willie. Hulle het een dogter, Karen, wat met Barry Botha getroud is en daar is nou twee kleinkinders, Mia en James. Sy het by die Universiteit Stellenbosch gewerk toe haar eerste romanse, *Palmyra* herleef, in 2005 deur LAPA Uitgewers gepubliseer is. Sedertdien is byna vyftig van haar romanses (kontemporêr, medies en histories) deur LAPA en Tafelberg (NB) Uitgewers gepubliseer. Sy geniet dit terdeë om romanses te skryf. Tans skryf sy voltyds. Sy skryf ook romans, kortverhale en koerantartikels en lewer gereeld resensies vir tydskrifte en koerante.

Ook deur Malene Breytenbach:

TOSKANE ROEP MY HART (2019)
BELOOFDE LAND, BELOOFDE LIEFDE (2021)
LIEFLIK VLOEI DIE NYL (2022)
MY GELIEFDE WAG IN UMBRIË (2023)

LIEFDE EN OORLOG

MALENE BREYTENBACH

Romanza is 'n onderafdeling van LAPA Uitgewers
Growthpoint Besigheidspark
Tonettistraat 162
Halfway House Uitbreiding 7
Midrand
1685
Tel: 011 327 3550
E-pos: lapa@lapa.co.za
www.lapa.co.za

© Teks: Malene Breytenbach 2023
© Publikasie: LAPA Uitgewers, 'n afdeling van Penguin Random
House Suid-Afrika (Edms.) Bpk.

Omslagontwerp deur LAPA Uitgewers
Geset in 10 op 12.5 pt Leawood deur Dorothea Samuels
Gedruk en gebind deur ABC Press

Eerste uitgawe 2023

ISBN 978-1-7763-5906-6 (gedrukte boek)
ISBN 978-1-7763-5907-3 (ePub)

❥ EEN ❥

Maura wag totdat die middagmaal opgeskep is en haar stiefvader die gebed gedoen het. Dit is altyd 'n goeie tyd om nuwe sake aan te roer terwyl hy alte lekker eet.

"Ek gaan môre na Lenie se huis. Ons gaan leer hoe om verbande te maak en tant Huibrecht gaan ons vertel hoe om te verpleeg."

"Wat?" Haar stiefvader kyk na haar met 'n kwaai frons tussen sy grys wenkbroue. Sy blou oë is soos ys.

"Lenie sê *De Volkstem* vra vrywilligers vir die Transvaal Rooikruis. As oorlog uitbreek, wil ek gaan verpleeg. Dis die minste wat ek kan doen as ek nie op kommando kan gaan nie."

Haar moeder, wat gewoonlik op haar kos konsentreer en 'n groot eetlus het, kyk ergerlik na haar. "Jy kan nie sulke vuil werk gaan doen nie. Ons het jou skool toe gestuur en na die finishing school in Kaapstad sodat jy 'n dame kan wees. Dit het baie geld gekos en ons het groot hoop vir jou toekoms. Jy moet met 'n vermoënde man kan trou wat 'n fyn opgevoede vrou soek. Ek verbied jou om te gaan verpleeg."

"Ek vra nie julle toestemming nie; ek stel julle in kennis." Maura se gesig is vuurwarm van opstandigheid.

"Maar dis mos verregaande," raas haar stiefvader. "Jy's nog 'n bogkind, maar jy wil op jou eie voete gaan staan!"

"Ek is sewentien, Vader. As julle dink ek is oud genoeg om te trou, is ek oud genoeg om te gaan verpleeg. Ek gaan nie hande gevou hier sit as ons mans gaan veg nie. Henry sal ook moet gaan veg. Hy's al negentien jaar oud en seuns vanaf sestien jaar moet op kommando gaan."

Henry steek hard na sy vleis. "Nee, ek sal nie, want daar gaan nie 'n oorlog wees nie."

Maura is seker haar bedorwe broer is bang om te gaan en sy minag hom daarvoor. "Jy weet tog die burgers is al gewaarsku en jy is 'n volwaardige burger van die land. Jy sal moet gaan, of jy wil of nie."

"Ons kan dalk nog die oorlog keer," sê haar stiefvader, maar hy lyk kwaad. En onseker.

"Dis nie wat Lenie se vader sê nie en hy werk vir die prokureur-generaal." Die hitte van ergernis versprei deur haar lyf. Sy kan nie glo haar stiefvader wil iets ontken wat ongetwyfeld gaan plaasvind nie.

"En waar beoog jy nogal om te gaan verpleeg?" vra hy. "Beslis nie by die Volkshospitaal nie. Jy's in elk geval nie 'n volledige Afrikaner nie. Mense beskou jou as deels Engels omdat jou moeder Iers is. Hulle maak mos nie 'n onderskeid nie. Jy kan glo, maar dié bevooroordeelde Boere sal jou nie daar wil hê nie."

"Ek wil nie by die Volkshospitaal verpleeg nie; Lenie sê daar sal ander moontlikhede wees. Daar's Engelse meisies op die dorp wat ook wil verpleeg."

"Lenie sê, Lenie sê," spot haar broer. "Julle twee

het altyd mal idees. Waarom kan jy nie normaal wees soos ander meisies nie?"

"Normaal?! Jy bedoel ek moet eerder sit en wag vir 'n man soos jy. Besig om te brei en te stik en te bak en te brou. Die lewe bied meer as net dit." Nou kook Maura behoorlik van woede. Waarom moet alles wat sy wil doen, altyd afgeskiet word?

"Jy's klaar op die rak, besig om stowwerig te word," smaal hy. "Samuel wil na jou vry, maar hy's 'n Boer en hy dink ons is volksvreemd. Wat hy in jóú sien, weet nugter. Jy dink jy's so slim dat jy my vriende afskrik."

Haar vriendin se tweede oudste broer is dolverlief op haar, weet sy. Intelligent genoeg, nie onaansienlik nie en uit 'n vooraanstaande familie. Uiteindelik sal sy seker met hom trou, maar eers ná klarigheid oor die oorlog gekry en alles verby is. Hy moet op kommando gaan en sy sal wag totdat alles verby is voordat sy oorweeg om haar te verbind. Vir trou is sy nog nie reg nie.

"Ek stel nie in jou kastige vriende belang nie. Wanneer gaan jy met een of ander arme, dom meisie opsit, hè? Jy's net 'n lafaard. Ek dink jy bloei pienk, nie rooi soos 'n ware man nie."

Haar stiefvader slaan só hard met sy hand op die tafel dat almal wip. "Magtag! Watse gestry is dit aan tafel? Kan julle nie in vrede leef nie? Moet julle mekaar altyd beledig?"

"Die kos word koud terwyl julle stry en baklei," raas hul moeder.

Maura kyk pleitend na haar stiefvader. "Vader, asseblief. Ek belowe ek sal niks sonder jou toestemming doen nie, maar kan ek asseblief na die klasse gaan?"

Hy antwoord nie. Begin net weer eet. Sy kan skree

van frustrasie, maar naderhand kyk hy op. "Goed. Maar onthou, jy doen niks sonder my toestemming nie."

"Dankie, Vader."

Sy sou wat wou gee om weg te gaan, want in hulle huis is daar altyd struwelinge; eintlik verag sy haar stiefbroer, maar 'n meisie is mos altyd afhanklik. Onder die gesag van vader of man. Dis so onregverdig. Haar ouers het in Pelgrimsrus ontmoet. Hy was 'n wewenaar met 'n opgeskote seun en Eileen was 'n skone, dog arm weduwee met 'n dogter. Toe trou hulle natuurlik en sedertdien klap hy die sweep.

As sy 'n man vat, moet hy slim en dapper wees, maar hy moet haar nie onderdruk nie. Hy moet haar ook nie met minagting behandel soos haar stiefvader dikwels met haar moeder doen nie. Samuel lyk darem asof hy sy vrou met respek sal behandel. Al die Krugers het mooi maniere.

Sy wonder tog waarom Samuel nog nie kom vra het om haar die hof te maak nie. Sou dit wees omdat sy ouers, wat stoere Boere is, dalk nie sy verbintenis met haar goedkeur nie? Sy met haar Ierse moeder en Engelse skoling. Hulle weet ook haar stiefvader het geen tyd vir president Paul Kruger nie; dink hulle hy het te veel Engelse vriende en leun té ver oor na die Britse kant?

Mense se lojaliteite gaan nou getoets word.

Kom die oorlog, gáán sy verpleeg. Sy sal in die dorp gaan loseer, weg van die ewige donker wolk wat hier op Doornbosch hang.

Niemand en niks gaan haar keer nie.

❧ TWEE ❧

"Ek het besluit om weg te gaan."

Die woorde val soos klippe in 'n stil dam water, wat uitkring. John se moeder en vader kyk op van hulle borde kos. Onbegrypend. Geskok.

"Wat?" vra sy, haar blou oë groot. "Waarvan praat jy?"

"Waarheen wil jy nogal gaan, en waarom?" vra sy vader spottend, asof hy dink John het 'n grap gemaak.

John se blik neem die netjiese geel hare met die middelpaadjie in; die stywe boordjie, die onderbaadjie oor die boepmaag waaroor 'n goue horlosieketting gedrapeer is, die netjiese snorretjie en die ligblou oë. Die selftevrede, ryk volstruisboer wat vir hulle 'n sogenaamde verepaleis gebou het, maar wat sy oudste seun voortrek en verwag dat hy, John, die tweede seun, soos 'n kneg vir hulle moet werk.

En toe kies Margaretha, die meisie na wie hy gevry het en gedink het hy eendag mee gaan trou, sy ouer broer bo hom. Sy het maklik haar geneentheid verplaas na die oudste seun wat Weltevreden sal erf, want dan sal sý in die paleis bly. John, die jongste, sal altyd tweede kom.

Daar sit sy moeder in haar syrok met 'n kantkraag; 'n blink borsspeld by haar keel, haar donker hare pragtig gedoen. Tevrede dat sy die eggenote van 'n prominente, ryk man is. Aansien en geld is hulle afgode.

Verstaan hulle dan nie sy woede en gebroke hart nie? Hulle weet mos van Margaretha se verraad.

"Ek wil na die Zuid-Afrikaanse Republiek gaan, na Vader se neef, oom Clarence Cloete. Hy boer mos in die Pretoria-distrik en julle sê hy's 'n ryk man."

Sy moeder lyk asof sy wil stik. Sy vader spoeg omtrent van ergernis.

"Magtag, man, daar's soveel moeilikheid tussen president Kruger en die Uitlanders dat daar binnekort oorlog gaan wees! Is jy nou mal om soontoe te wil gaan? Om wat te doen? Jy moet hier saam met jou broer boer. Die geld is hier, nie daar nie."

"Ek het darem my eie geld en ek kan bekostig om te gaan."

Wat hulle nie weet nie, is dat hy reeds by die Cape of Good Hope Bank was. Hy het reeds uitgevind watter roete om te volg. As hulle sien, is hy weg.

"Wat as oorlog uitbreek?" Sy moeder se stem rys.

"Ek kan ook teen die Engelse veg …"

"Dis nou die gekste ding wat ek nog gehoor het." Kletterend gooi sy vader sy eetgerei op die duur, ingevoerde bord neer. "Wat weet jy van oorlog af? Hulle probleme is nie ons probleme nie. Ek verbied jou om te gaan!"

John bal sy vuiste op sy skoot. Kners sy tande. Hy is nou moeg daarvoor dat sy hardvogtige vader hom alles voorsê wat hy moet doen en hom geen vryheid gun nie. Wragtig, hy is nie meer 'n seun nie. Hy's volwasse genoeg om na die Zuid-Afrikaanse Republiek te gaan en sy fortuin daar te gaan soek. Sy vader se neef het sy fortuin in die noorde gevind; eers ryk geword van goud delf in Oos-Transvaal en daarna 'n plaas buite Pretoria gekoop en 'n gesiene boer geword.

John se moeder steek 'n sagte wit beringde hand na hom uit. Asof sy hom so wil keer. "Dis nie 'n goeie plan nie, John. Hier is vir jou 'n blink toekoms. Daar in die Republiek is net onsekerheid. Hier sal jy 'n goeie huweliksmaat kry …"

John gluur haar aan. "My broer het die enigste meisie gevat wat ek wou hê en ek stel in niemand anders belang nie."

"Hygend hert!" bars sy vader los. "Jy sal leer om dit te aanvaar. Hier by Oudtshoorn is verskeie ryk boere. Ons floreer hier met die hoë pryse vir volstruispluime. Jy kan kies en keur onder hulle dogters. Jy's mos darem 'n aansienlike kêrel, al is jy dwars."

John kyk verontwaardig na hom. "Ja, ek moet mos altyd ondergeskik wees en ja en amen sê."

Sy moeder kyk ontsteld na hom. "Wat van Lettie Markgraaff? Sy's 'n vangs. Haar vader is een van die rykste …"

"Moet ek met 'n vaal vrou trou wat te dom is om boe of ba te sê en net goed is om kinders te baar, oor haar vader in die pluimgeld rol?"

"Jy kan nie so van Lettie praat nie! Sy's 'n ordentlike meisie."

"Laat iemand anders haar dan vang. Ek het klaar my planne gemaak. Verskoon my."

Hy staan van die etenstafel op en gooi sy servet neer. Loop uit. Agter hom swets sy vader en kreun sy moeder.

"Jy bly net hier, gehoor?" bulder sy vader.

Hulle gaan hom nie keer nie. Hy gaan, al moet hy soos 'n dief in die nag vlug.

John lei die hings uit die stal in die koue naglug in, bestyg hom en laat hom oor die groot erf loop. Saggies, stilletjies. Eers toe hulle 'n hele ent van die groot huis af is, laat hy die perd spoed optel. Teen dagbreek is hy ver weg. Hulle sal hom op bekende roetes soek en nooit kan raai met watter draai hy hulle gaan flous nie.

By De Aar koop hy voorrade by 'n algemene handelaar, en sy treinkaartjie by die stasie. Hy laai sy perd op die trein en gaan klim met sy bagasie in 'n tweedeklaswa. Die trein ry en hy kyk met amperse hartseer uit na die droë vlaktes van die Karoo. Hy is jammer dat hy sy moeder moet agterlaat met hartseer en verwyt en sy vader met woede, maar hy het nou net genoeg gehad.

Hy is vry. Al meer raak hy gevul met 'n heerlike sensasie van onbeperkte moontlikhede wat voor hom lê. Hy sal mettertyd oor Margaretha kom. Sy seer hart en gekneusde ego sal weldra herstel.

Dit begin hom irriteer dat 'n man wat oorkant hom sit, hom dophou. 'n Taai en bruingebrande kêrel in 'n skaapleerjas en stewels, met 'n breërandhoed op sy kop. Iemand wat al vele somers gesien het, rof in die buitelug gelewe het en seker weet hoe om in enige omstandighede te oorleef. Sy swart, priemende oë maak John onrustig en selfbewus. Hy gluur die man naderhand aan.

"So, waarheen is jy op pad, Neef?" vra die man in 'n grinterige stem. "Jy lyk vir my nog na 'n jong lat."

"Noord." John probeer nie eens beleefd wees nie. Hy is kortaf om die man af te skrik.

Die man is egter nie afgesit nie. "Ek is Jochem Pretorius." Hy leun vorentoe en steek 'n growwe hand met vuil naels na John uit.

Hy kyk na die hand en voel verplig om dit te skud. "John Cloete."

"Waarheen presies gaan jy in die noorde, Neef?"

"Na Mafeking," antwoord John onwillig. "Wel, eintlik gaan ek na Pretoria."

Die man se welige wenkbroue boog boontoe. "Ek sien. Wat gaan jy daar doen? Veg in die oorlog wat een van die dae uitbreek? Want dis vir seker wat gaan gebeur. Daai Boere gaan die Engelse aanvat, en dan gaan die stront spat."

"Miskien." Vir wat moet hy nou soos 'n onbeholpe seun ondervra word?

"Jy reis alleen en jy lyk verlore."

John het geen begeerte om met dié takhaar te gesels nie. "Ek is nie verlore nie. Ek weet presies waarheen ek gaan en waarom."

Jochem Pretorius hou sy hand paaiend in die lug. "Moenie kwaad word nie, Neef. Ek is maar net nuuskierig oor ander mense se doen en late. Dis ver van Mafeking na Pretoria. Hoe beplan jy om te reis van die een na die ander?"

"My perd is op die trein."

Die man grinnik en vertoon geel, skewe tande. "Ek hoop jy het 'n goeie perd."

"Ja, ek het 'n baie goeie perd."

"Jy kan langs die pad by plase aangaan. Die mense sal jou en jou perd versorg. Hulle is ver genoeg uitmekaar om gasvry te kan wees; sien graag vreemdelinge wat nuus van die buitewêreld bring. Maar jy sal moet vashou aan jou perd. Perde gaan skaars word as die kommando's voorraad en perde begin kommandeer. Dinge lyk lelik in die ZAR. Die Uitlanders wat die goudmyne beheer, maak moeilikheid en president Kruger en sy Volksraad is op hul agterpote. Hulle voer kanonne en gewere in van Frankryk en Duitsland en hulle het 'n goed opgeleide staatsartillerie. Hulle doen mos al daai goed met 'n doel."

"Oom weet baie van wat daar aangaan?"

"Wel, eintlik is ek 'n Transvaler, Neef. Ek het ook naby Pretoria geboer, maar die runderpes het my geknak. My vrou is dood by die geboorte van ons eerste kind en dié is ook dood. Toe gaan ek na Rhodes se nuwe land oorkant die Limpoporivier waar ek olifante gejag het. Nadat ek my ivoor verkoop het, het ek gaan kyk hoe dit in die Kolonie gaan. Nou is ek al weer op pad noorde toe. Ek gaan vir my daar 'n plaas soek. Dis 'n pragtige land met groot moontlikhede as 'n mens net daai opstandige swart mense kan beheer en tussen hulle boer."

John gesels nie verder nie en stilte daal weer tussen hulle, maar Jochem Pretorius is steeds besig om hom dop te hou. John probeer hom ignoreer en kyk na die verbysnellende landskap.

"Gaan jy almiskie na familie toe?" hoor hy en onderdruk 'n ergerlike sug.

"Ja, ek het 'n familielid wat in die Pretoria-distrik boer. Ek gaan na hom toe."

"Het jy al ooit alleen in die veld probeer oorleef, Neef?"

"Ek het op 'n volstruisplaas grootgeword. Ek ken die veld."

Jochem Pretorius lag. "Ja? Maar jy ken nie die bosveld nie, Neef. Vol wilde diere. Riviere ver uitmekaar en dikwels droog. Laat ek jou 'n ding of twee vertel."

Hy praat en praat oor oorlewing, oor hoe die Transvaal, oftewel die Zuid-Afrikaanse Republiek, lyk en wat om te verwag. Hy praat van die baie oorloë teen swart stamme, die korrupsie van Kruger se regering en die griewe van die Uitlanders wat die goudmyne van Johannesburg bedryf en stemreg wil hê, maar dit geweier word. "Kruger noem hulle Sodomiete en Filistyne wat sy land met hulle getalle wil oorheers."

John het nie 'n keuse nie. Hy moet luister na al die stories, maar kan nie ontken dat dit hom begin interesseer nie.

"Kruger het konsessies gegee aan allerlei skelms en baie Hollanders ingevoer. Die Boere hou nie van hulle nie. Baie mense verkies Piet Joubert as president, maar by elke verkiesing wen Kruger. Ek glo Kruger verneuk, maar hy's die sterkste leier wat die Boere het en die meeste mense glo in hom."

Hy vertel John van die mislukte Jameson Inval van 1896 wat die regering wou omvergooi en dat die Reformers wat dit beplan het, uit die land gesit is.

"Ek ken daai dokter Jameson wat die inval gelei

het. Ek het hom in Matabeleland in Rhodes se nuwe land ontmoet waar hy die administrateur was. Hy en Cecil Rhodes was groot vrinne maar ná die mislukking van die inval moes Rhodes, wat agter alles gesit het, as eerste minister van die Kolonie bedank."

"Ek weet van Rhodes se bedanking. Dit was groot nuus by ons."

"Die sweer wat sedertdien ontstaan het, moet nou oopbars. Jy's 'n Kolonialer, Neef, en daarom is jy 'n Britse onderdaan. Jy moet versigtig wees dat jy nie in die moeilikheid beland as jy jou by die Boere skaar nie."

John het nie daaraan gedink nie, maar hy vermoed die man oordryf. "Is Pretoria 'n groot dorp?" vra hy.

"Pretoria is die Boere se Jerusalem. Dis groot, maar nie naastenby so groot soos Kaapstad nie. Hulle het 'n groot, indrukwekkende Raadsaal op Kerkplein gebou sodat die Volksraad in 'n behoorlike plek kan sit. Daar is ryk mense in Pretoria. Meesal winkeliers en mense wat geld gemaak het uit smous en die goudvelde. Dis seker 'n lekker plek om te bly as jy geld het. Daar is egter 'n klomp armlastiges daar by die Burgerrecht Erven wat deur die runderpes kaal uitgetrek is. Daar is verskeie ryk Engelse, hoor. Hulle ken mos van geldmaak. Wat húlle gaan doen as oorlog teen Engeland uitbreek, sal ons nog moet sien."

"My vader se neef is 'n ryk man," spog John. "Ek's net nie presies seker waar hy boer nie. Ek moet hom gaan soek."

Jochem Pretorius kyk hom skuins aan. "Wel, as jy hom eers moet gaan soek, sal jy vir jou verblyf moet kry. Ek stel voor jy gaan bly in die Commercial Hotel in Queenstraat. Dis die goedkoopste hotel waarvan ek weet."

Jochem Pretorius se raad is eintlik waardevol, besluit John. Hy deel sy padkos met hom en Jochem gee vir hom biltong en vertel jagstories. Naderhand begin John sy geselskap geniet en sy vooroordeel teen die man wat soos 'n takhaar lyk, verdwyn.

"Mafeking is die grootste spoorwegdepot tussen Kimberley en Bulawayo," vertel Jochem Pretorius. "Mafeking het voorrade vir jagters en smouse en hotelle en kroeë en goewermentsgeboue. Jy kan daar alles kry wat jy vir jou reis nodig het. Jameson het in 1896 sy inval om die Republiek te verower vanuit Mafeking gelei. Eintlik vanaf Pitsani daar naby. Maar toe word hulle in 'n lokval gelei deur Piet Cronjé en sy kommando. Dié wat oorleef het, is tronk toe of landuit gestuur."

Toe hulle uiteindelik Mafeking bereik, groet John nogal met spyt vir Jochem Pretorius.

Sy laaste woorde aan John is: "Sterkte, Neef. Jy sal dit nodig hê. Maar ek kan sien jy is 'n onverskrokke en voortvarende kêrel. Soos ek in my jong dae. Dit gaan jou goed."

John lei sy perd uit die besige stasie. Treine kom van albei rigtings ingestoom en die lawaai is oorverdowend. Stoom sis en koppelings stamp, mense klim op en af en daar is heelwat aktiwiteit by die stasiegeboue. John voel vreemd, maar hy is op pad na vryheid, en sy bloed bruis van opwinding.

Om die dorp is barre landskap. Die dorp is warm, stowwerig en eenvoudig. Die stasie mag besig wees, maar die dorp lyk half aan die slaap. John ry deur die strate en kyk na die eenvoudige geboue met sinkdakke en stoepe. Langs Markplein vind hy Dixon's Hotel, 'n onpretensieuse vierkantige gebou met 'n stoep. Dit lyk vir hom goedkoop genoeg. Hy het geld, maar hy gaan dit nie mors nie.

Hy maak sy perd aan die stoep vas en gaan vra in die portaal vir die man by ontvangs of hy 'n kamer kan kry en sy perd op stal kan sit. "Net vir een nag. Ek is op pad Pretoria toe."

Hy voel soos 'n volwassene. 'n Volwaardige man. Onafhanklik. Met 'n doel. Hy is lank en mense skat hom gewoonlik ouer as wat hy is. Hy kan maklik deurgaan vir iemand in die twintigs.

Nadat sy perd versorg is, was hy, trek skoon aan en gaan na die kroeg. Hy was nog nie voorheen in een nie, maar hy vra vir 'n bier asof hy gewoond is daaraan. Twee mans kom by die kroeg in en knik vir hom. Hulle het dorpsklere aan en lyk nie na boere nie. Hy knik terug.

"Where are you from, young fellow?" vra die een met die weglêsnor wat in sy veertigs lyk. 'n Goue horlosieketting soos sy vader s'n is oor sy maag gedrapeer.

"Ek kom van die Kolonie af en is op pad na Pretoria," antwoord hy. Engels kan hy darem goed praat.

"Jy lyk nie soos iemand van die pers nie," sê die tweede man. Hy is lank en skraal en geklee in 'n nuwe bruin pak. "Jy lyk nog jonk."

"Ek's een en twintig," jok John. 'n Jaar is mos niks. Hy is oor die ses voet lank en nie juis tingerig nie. Op sy bolip, wange en ken is al snor en baard.

"Regtig?" Die man glimlag asof hy dit nie glo nie. John bloos van ergernis en verleentheid.

Die mans stel hulself voor as Moodie van die *Mafeking Mail* en Dereham van die *London Times*. Soos Jochem Pretorius vertel hulle hom dat oorlog voorhande is.

"Aan wie se kant is jy?" vra Moodie.

"Niemand se kant nie. Ek kom kuier vir familie en sal terugkeer huis toe voordat die oorlog uitbreek."

"Dit sal miskien nie so maklik wees nie," sê Dereham. "Oorlog is geneig om mense in 'n land vas te keer."

John haal sy skouers op. Hulle verloor belangstelling en beweeg weg. Sy maag skree behoorlik. Hy moet kyk of hy aandete kan kry.

❧ DRIE ❧

Ná 'n reuseontbyt van spek, eiers, boerewors, pap, brood met konfyt en twee koppies sterk boeretroos, neem John sy besittings, betaal sy rekening en gaan haal sy perd by die stal. Hy saal op, laai sy saalsakke en maak sy bedrol agter aan die saal vas.

Die leemetford wat aan sy vader behoort het en wat hy skelm geneem het, hang hy oor sy rug. Hy het egter nie ammunisie nie en gaan soek 'n handelaar. In die hoofstraat gaan hy by een in, koop 'n pan, sout, patrone vir sy geweer, 'n sak meel en 'n seilsak vir water. Jochem Pretorius het hom vertel dat hy iets vir die pot kan skiet langs die pad en om dit darem smaaklik te maak, het hy sout nodig. Daar is baie wild. Hy hoef net 'n voël te skiet en hy is gevoed. Met meel en water en 'n vuur kan hy maagbomme maak. Alles kan hy in die pan gaarmaak. Dit klink eenvoudig en maklik.

Waar daar plase is, sal hy by die huise aangaan.

Erg ingenome met homself vat hy die pad in die rigting van die Transvaalse hoofstad. Hy mik eers vir Lichtenburg, 'n dorp op die pad. Hy ry daardeur sonder om te vertoef, haastig om by Rustenburg te kom.

Die landskap voel leeg, ver en eensaam. Daar is

nie verkeer op die pad nie. Hy het gehoop om riviere teë te kom, maar dié is nie so volop soos hy gehoop het nie. Die landskap is veel droër en meer onbewoon as wat hy voorsien het. Hy voel nogal afgesny van sy medemens. Laatoggend sien hy 'n klomp tarentale wat kwetterend vlug en hy probeer een skiet, maar hy skiet mis. Hulle verdwyn in die doringbosse.

Hou moed, vertel hy homself. Hy is mos nie 'n swakkeling nie. Hy is op die grootste avontuur van sy lewe. Sy broer sou nooit gewaag het om weg te loop nie. Hoe verstom sal hy nie wees nie. Wat sal sy vriende en die verraderlike meisie wat in sy lewe was, van sy verdwyning dink?

Iewers moet 'n plaas wees. Mense. 'n Opstal. 'n Stal. Behoorlike kos.

Hy kom by 'n rivier, maar dit blyk meesal 'n droë donga te wees. Daar is darem 'n klein, vuil poeletjie waar hy sy perd laat drink. Hy het nog water in sy seilsak en hy drink suinig daaraan. Sal hy vannag in die veld moet slaap? Is daar leeus? Hy sal hout moet soek en 'n groot vuur maak. Wat weet hy van die Transvaalse bosveld, behalwe wat Jochem Pretorius hom vertel het? Dit lyk wild, en hy is só ver van die beskawing af.

Wat as iets vir hom en sy perd in die nag aanval?

Hy het baie tyd om te dink terwyl hy so eensaam op 'n smal stofpad oor die wye vlakte ry. Hy mis die geselserige takhaar. Hulle soek seker by die huis na hom. Sy moeder huil seker haar oë uit, al het hy vir haar 'n brief gelos en gesê sy moet haar nie bekommer nie. Nou en dan voel hy skuldig. Hy het sy vader se geweer en sy beste perd gesteel.

Uiteindelik kom John by Rustenburg aan. Die dorp lê waar die Magaliesberge begin. Jochem Pretorius het hom vertel dat die Makatese in dié gebied gewoon het, maar dat Silkaats se Zulu-impi's die stamme óf uitgeroei óf weggejaag het op hul pad uit Natal na die noorde. Toe kom die Voortrekkers noordwaarts en bots met die Zulu's wat hulle verder noord laat vlug het, tot oor die Limpoporivier waar hulle in Rhodes se nuwe land as die Matabeles bekendstaan, het hy met smaak vertel.

"Hulle is 'n bloeddorstige lot," het Jochem Pretorius gesê. "Veral as jy grond wil hê wat hulle dink aan hulle behoort. Maar ek sál vir my 'n plaas kry, kom wat wil."

John wonder hoe Jochem gaan vaar en of hy ooit sal terugkom na die Transvaal.

Jochem Pretorius het hom vertel dat president Paul Kruger en kommandant-generaal Piet Joubert elkeen meer as tien plase besit, maar hulle lewe nie uitspattig nie. Mense met 'n Voortrekker-agtergrond lewe glo nie so weelderig soos die ryk Engelse en ander Uitlanders nie.

Op sy vader se enorme plaas wat sy broer sal erf, is daar groot volstruistroppe en 'n manjifieke herehuis wat deur die gesogte Britse argitek Charles Bullock ontwerp is. Die huis is vol ingevoerde meubels; die silwer skottels en messegoed en breekware kom van Engeland af, ingevoer via Port Elizabeth, waarvandaan die volstruispluime verskeep word na Europese markte.

Hy voel nou baie ver van die huis af. Sou hulle teen dié tyd gelate aanvaar dat hy weg is? Wat dink Margaretha? Voel sy enigsins spyt of sleg?

In Rustenburg soek hy na 'n hotel of herberg. Hy let op dat 'n ossewa blykbaar uit die dorp vertrek. Dit word getrek deur twaalf fris rooi en swart osse. 'n Swart man met 'n lang sweep loop voor en 'n ander een loop agter. 'n Man met 'n groot swart baard en velklere ry saam met 'n opgeskote seun langs die wa op bruin perde. Op die wa is 'n vrou met 'n kappie op wat langs 'n seun sit wat die leisels vashou. Twee meisies, ook met kappies op, loer agter by die wa uit. Die baardman het 'n sambok wat hy slaan om die osse vinniger te laat loop, maar hy slaan hulle blykbaar nie raak nie. Hy roep hulle net op name soos Swartland en Witlies.

John ry tot langs hom. "Dag, Oom. Gaan Oomhulle miskien Pretoria se kant toe?"

"Ja, Neef, ons gaan nachtmaal toe op Kerkplein en ons het proviand om te verkoop. Ons wil hoor wat aangaan en of daar oorlog gaan wees. Waar kom jy vandaan?" Hy kyk na John se klere, stewels en perd. "Jy's nie van hier nie, is jy?"

"Nee, Oom. Ek kom van die Kolonie af. Ek het per trein na Mafeking gegaan en nou is ek op pad na Pretoria."

"Ry dan saam met ons, Neef. Dis nie goed om alleen te reis nie. Tye is moeilik. Daar is rustelose mense oral."

"Dankie, Oom. Ek is John Cloete." Hy strek sy hand uit om die man te groet. Dié versit sy sambok en skud John se hand met 'n groot, growwe een.

"Bly te kenne, Neef. Ek is Sys van Niekerk. Ek boer hier anderkant, maar dinge lyk nou só sleg, ek verwag om opgeroep te word vir kommandodiens. Nou wil

ek sélf gaan kyk en uitvind wat by die Volksraad aan-
gaan. Mense gis en daar is te veel onsekerheid. 'n Man
weet nie wat om te glo nie. Was jy al in Pretoria?"

"Nog nie, Oom. Ek kan nie wag om dit te sien
nie."

Die boer lag, wys geel skewe tande. "Ja, jy sal beïn-
druk wees. Dit was klein, maar het baie gegroei."

Sys van Niekerk beduie met sy sambok na die
vrou op die wa. "Dis my vrou Pieternella. Langs haar
is Saggrys, my oudste. Dié kêreltjie wat langs sy va-
der ry, is Fanie. My dogters Nellie en Maria is agter in
die wa."

Hy beduie na John. "Hierdie kêrel is John Cloete."

John lig sy hoed vir hulle. Een van die meisies het
vorentoe gekom en kyk na hom oor haar moeder se
skouer. Sy stoot haar kappie terug en hy sien donker
hare, 'n maer gesig met donker oë en 'n blas vel soos
haar vader s'n.

"Nellie, siejy terugsit," raas haar moeder. "Wat loer
jy so oor my skouer?"

Die meisie verdwyn en John wil lag. Dié ouers is
seker streng met hul dogters. Die vader lyk gans te
handig met 'n sambok. Hy sal versigtig moet wees
om nie té vriendelik te lyk nie.

John geniet dit om na die landskap te kyk. Hulle
vorder stadig, volgens die osse se pas. Hulle rus ook
nou en dan. Die mense gee vir hom koffie en beskuit.
Toe die aand daal, hou hulle stil, span uit, en kamp.
Hulle braai vleis en maak pap. Die vrou en dogters
praat nie veel nie, maar die seuns is bekkig en die
vader is net so 'n prater soos Jochem Pretorius. John

geniet dit om met hulle te gesels. Nuuskierig vra hulle hom uit. Hy kan sien hulle dink hy beplan eintlik om in die oorlog te veg wanneer dit uitbreek.

"Ons gaan daai Ingelse op hulle se baadjie gee," voorspel Sys van Niekerk vol bravade. "Ek wonder wat die klomp ryk Ingelse in Pretoria gaan doen. Dalk vlug hulle landuit."

Hy klink vir John nou nes Jochem Pretorius. Dink blykbaar die Engelse het hulself almal in die Transvaal kom verryk, maar hulle skaar hulle nie aan Boerekant nie.

"Die Raadsaal, en ook die Paleis van Justisie en die Nederlandse Bank, is alles deur Hollanders gebou," vertel Sys van Niekerk. "Zeederberg het koetse wat noord gaan tot oor die Limpopo na Rhodes se land. Dan is daar 'n Ingelsman, Heys, wat koetse het wat suid, wes en oos gaan. Maar nou is daar ook spoorweë; veral die een wat Delagoabaai toe gaan, is Kruger se trots. Jy moet sien watse huise het die ryk mense vir hulle gebou."

"Groter as ons president se huis," sê Fanie. "Nè, Vader?"

"Sommer baie groter. Ja, die Ingelse het ordentlik kom oes hierso."

John dink aan die groot verepaleis op hul plaas, ontwerp deur 'n Engelse argitek, en hoe trots sy ouers daarop is. Lyk die ryk Engelse se huise so?

Hy kom agter dat Nellie nadergeskuif het en hom aangaap. Sy is natuurlik hubaar en soek man. Hy ignoreer haar. Bokant hulle skitter 'n sterrehemel en om hulle klink naggeluide op uit die veld wat gaatjies in die oorheersende stilte maak. Al is die toekoms on-

seker, voel hy gelukkig. Hy kan doen net wat hy wil.
Alles is nuut en vars.

"Slaaptyd," kondig sy gasheer aan.

John slaap langs die vuur, toegerol in sy kombers.
Sy perd is naby sodat hy kan hoor as iets hom bedreig.
Hy slaap egter soos 'n dooie op die harde grond; hy
word eers wakker toe mense om hom praat. Hulle
maak koffie, pap en oorskietkos vir ontbyt. Die swart
mans span die osse in met die hulp van die seuns en
die vader. John is onder die indruk dat dit 'n gelukkige
gesin is. Maar wat sal gebeur as die oorlog kom? Die
vader en oudste seun sal seker vir kommandodiens
opgeroep word; iets wat al die vroue natuurlik vrees.
Sal hulle teruggaan plaas toe en sal die vroue dan die
boerdery moet behartig? Dis nie iets wat sy ma sou
kon doen nie.

John kyk met belangstelling na die plase waarby
hulle al langs die bergreeks verbytrek. Tekens van be-
skawing word al meer. Hy raak haastig om in Pretoria
te kom, maar die reis is dae lank en hulle span elke nag
uit. Die osse kan nie vinniger nie en die swaargelaaide
wa rammel en wip en skud oor die ongelyke grond-
pad.

"Dis nie meer ver nie," vertel Sys van Niekerk hom
een oggend.

John wonder of hy nie maar vooruit moet ry nie.
Die pad is nou makliker. Die vrou is bot en hy verbeel
hom sy kyk hom agterdogtig aan terwyl haar dogter
al meer vir hom probeer ogies maak. Vir Nellie hou sy
soos 'n valk dop. As die vader dit agterkom, ignoreer
hy dit. John bly egter by hulle en is verlig toe Pretoria
uiteindelik in die verte verskyn.

Nou is al die Van Niekerks opgewonde en hulle kwetter soos 'n swerm voëls. Al meer geboue verskyn. John merk 'n paar kerktorings op.

"Ons is nou in Kerkstraat," kondig Sys van Niekerk uiteindelik aan. "Ons gaan reguit Kerkplein toe."

Hy beduie na 'n groot kerk aan die regterkant. "Daar is die president se kerk waar hy dikwels preek, en daar is sy huis." Hy beduie met duidelike trots na 'n sinkdakhuis langs die straat. Dit het klein geweltjies, 'n stoep met twee standbeelde van leeus voor en wagte by die hek. "Die lyfwagte is Zarps, oftewel Zuid-Afrikaansche Rijdende Politie."

John is verstom. Dié huis lyk dan niks beter as huise in Oudtshoorn nie. Dit is gewoon en onpretensieus; buiten vir die bronsleeus voor die stoep en gewapende wagte in uniform by die hek. Hy het darem meer verwag. Iets soos Groote Schuur in Kaapstad wat hy gesien het toe sy vader hulle Kaapstad toe geneem het, of die huise van sy ouers en ander ryk volstruisboere.

"Ek sien nie die president op sy stoep nie," sê Fanie teleurgesteld.

John sien winkels en ander geboue. Nou is daar ook verkeer: ossewaens, perdekarre, ruiters en selfs twee mans op die nuwe wielfietse waarvan hy voorheen een of twee in Oudtshoorn gesien het. Hulle kom by 'n groot plein met 'n kerk waar baie ander waens uitgespan staan. Daar is 'n mark aan die gang; die mense is soos miere wat uit 'n nes gepeul het. Hier is darem imposante geboue ook om die plein. Pretoria is nie so agterlik soos hy gevrees het nie.

"Daar's ons Raadsaal," beduie Sys van Niekerk met sy sambok.

John bekyk die groot grys gebou. Bo-op wapper die Vierkleur, die nasionale vlag, in 'n ligte briesie. Waar hy vandaan kom, is die vlag wat oral te sien is die Union Jack.

"Jy kan saam met ons kom vertoef by die uitspan, Neef," nooi Sys van Niekerk.

John het egter genoeg gehad van die Van Niekerks en hul loerende dogter. Hy wil die dorp verken. Jochem Pretorius het hom van die Commercial Hotel vertel en dis waar hy wil gaan bly.

"Dankie, oom Sys, maar hier moet ek julle groet. Dankie dat julle my reis veilig en aangenaam gemaak het."

Hy groet almal en sien die teleurstelling op Nellie se gesig. Bly hy langer by hulle, raak sy dalk 'n probleem.

Hy lei sy perd oor die plein tussen nuuskierige mense deur. Waar die straat uit die plein loop, vra hy vir 'n man in 'n pak, onderbaadjie en bolkeilhoed of hy weet waar die Commercial Hotel is.

Die man bestudeer hom. "Daar is die President Hotel." Hy beduie na 'n imposante gebou oorkant die Raadsaal. "Maar ek skat dit gaan jou twaalf sjielings per nag kos. Die Transvaal en Fonteine Hotelle kos ook soveel. Wil jy juis na 'n goedkoop hotel gaan?"

"Ja, daarom soek ek die Commercial." Al is hy nou in die versoeking om na die duurder hotel te gaan.

Die man beduie waarheen hy moet gaan. Toe hy dit vind, sien hy dit is sowaar onpretensieus en nie groot nie. Hy kry dadelik 'n kamer en sy perd word na die stal geneem. Nou is hy vuil, dors en honger, maar opgewonde. Uiteindelik is hy by sy bestemming. Of amper daar, want hy moet nog vir Clarence Cloete vind. Die reis het vir hom naderhand eindeloos gevoel.

Sy kamer is klein, met slegs 'n bed, kas, wastafel en stoel in; 'n swart vrou bring vir hom warm water en neem sy vuil klere om dit te gaan was. Hy maak homself so skoon soos hy kan, maar sy klere lyk eintlik sleg. Môre gaan hy 'n barbier soek en by een van die winkels vir hom klere koop, neem hy hom voor. Hy wil nie soos een van die Boere met hul welige baarde lyk nie, maar sy snor sal hy behou. Dit laat hom manliker en meer volwasse lyk. Hy moet ook netjies voorkom as hy by sy ryk familielid aankom.

John kyk na homself in die klein spieëltjie wat aan die muur hang. Hoe vreemd lyk hy, so ongeskeer. Hy voel en lyk anders. Die ou John is agtergelaat. Hier is die nuwe een.

In die eetkamer sit hy alleen by 'n tafel en smul aan vleis, groente en brood. Die plek is vol en hy hoor die luidrugtigheid van 'n kroeg. Nadat hy geëet het, gaan hy soontoe. Dit is vol geselsende mans wat nie lyk soos die Boere wat hy tot dusver gesien het nie. Om hom praat hulle Engels en Afrikaans. Dit klink asof hulle praatjies meesal oor oorlog gaan. Hy bestel 'n brandewyn en water, die drankie waarvan sy vader hou, en gaan na 'n oop sitplek by 'n tafel waar twee jong mans sit.

"Mind if I sit here?" vra hy.

Die man met vaalbruin hare, 'n yl baardjie en 'n bril met ronde glase glimlag vir hom. "Ja, sit gerus. Die plek is vanaand voller as gewoonlik."

Hy gesels in Afrikaans met die ander man wat

soos hy, in sy twintigs lyk; 'n lang skraal kêrel met 'n donker snor en hare platgelek op sy kop.

John luister na wat hulle praat.

"Vanaand is hier 'n paar Uitlanders wat moeilikheid soek," sê die donker man.

Die ander een kyk om hom en sê kliphard: "Ja, I reckon soon a lot of these Uitlanders will be on the trains, fleeing with tails between their legs to Natal or the Cape Colony."

'n Bullebak wat daar naby staan, hoor dit. Hy kom soos 'n bakleier nader wat reg is om te slaan.

"What's that you said, runt?"

John kan sien dié man is aangeklam. Sy gesig is rooi en sy tong sleep effens. Hy dink die tingerige outjie met die ronde brilletjie gaan skrik, maar nee, soos 'n keffertjie wat vir 'n groot hond blaf, sê die mannetjie: "You bloody Uitlanders should get out in time before we kick you out."

John wil lag, maar terselfdertyd verwonder hy hom aan die outjie se roekelose manhaftigheid.

Die bullebak leun oor die tafel en gluur die jong man aan met bloedbelope oë. Hy stamp teen John, maar vra nie ekskuus nie. "You bloody Boers and that bloody old fool you call your president, are going to be taught a hard lesson."

Hy beweeg om die tafel, gryp die skraal outjie voor aan sy onderbaadjie en lig hom uit die stoel. Sy brilletjie val af. Nou is sy bravade weg en hy lyk verskrik. Sy vriend krimp terug; net so bleek geskrik.

John tel die brilletjie op en sit dit op die tafel neer. Hy meet die bullebak. Hy is langer as die man, maar die man is meer gespierd. Mense begin om hulle saamdrom. Die klein mannetjie spartel en John voel hoe die woede in hom oplaai. So 'n donnerse boelie. Die brandewyn maak hom roekeloos en hy spring op. Slaan die Uitlander van agter met sy vuis, teen sy skouer. "Put him down!"

Die man los die klein mannetjie en draai na John. "Who the hell are you?"

"Try someone your own size," sê John. Hy staan met gebalde vuiste en laat sy kop sak soos 'n bul wat wil storm.

Die bullebak mik na sy gesig, maar John koes en slaan die man so hard soos hy kan op sy ken. Pyn skiet deur sy vuis en by sy arm op. Tot sy verbasing slaan die man reg agteroor op sy rug tussen die mense neer. Vir 'n oomblik dink hy die man is katswink, maar hy sit en skud sy kop.

Die kroegman storm op hulle af. Stamp die toeskouers uit die pad en skree: "Niemand baklei in dié kroeg nie! Uit!"

"Hy het hom aangeval," sê een van die ander mans en beduie na die bullebak en klein mannetjie. "Hulle is nie ewe groot nie. Toe slaan dié ou hom."

Die klein mannetjie herwin weer sy bravade. "Ja, Joe, hy het my aangeval maar my vriend het my verdedig."

Die kroegman wat groot en fris is, lig die Uitlander van die vloer af en boender hom by die deur uit. Almal juig. John word op die rug geklop en gelukgewens. Hy voel goed. Trots dat hy dapperheid getoon het; dat hy iemand kon verdedig en soos 'n held behandel word, maar sy kneukels is só seer dat hy dit moet vryf.

"Dankie, maat," sê die mannetjie en skud sy hand. "Kan ek vir jou 'n dop koop?"

"Dankie. Nog 'n brandewyn en water, asseblief."

"Joe, another brandy and water for our hero, here," roep die mannetjie en druk deur die mense om dit te gaan haal. John sien meteens dat hy 'n horrelvoet het en kry 'n steek van jammerte. Nou lag die mans en maak grappe. Hulle terg die klein mannetjie goedig, asof hulle hom ken.

"Kry vir jou 'n lyfwag, soos die president s'n," sê iemand en lag hard. "Daai parmantige bek van jou kry jou altyd in die moeilikheid."

Die mannetjie sit die brandewyn en water voor John neer. "Dankie weereens, my vriend. Ek sou natuurlik maalvleis van daardie Uitlander gemaak het as jy nie tussenbeide getree het nie." Hy giggel soos 'n meisie en John kan nie help om te lag nie. Hy hou van die outjie. Hy's die swak enetjie in die werpsel, maar hy het geen tekort aan moed nie.

"Ek is staatsklerk Jopie Taljaard." Hy wys na sy vriend. "Dis staatsklerk Hans Potgieter. Ons werk by Binnenlandsche Zaken."

John is geamuseer. Hulle is blykbaar trots op wat hulle doen.

"Ek is John Cloete, vars uit die Kolonie."

Hulle skud sy hand. "As jy 'n Kolonialer is, kom jy seker kyk of jy by ons burgers kan aansluit om teen die Engelse te veg?" sê-vra Hans Potgieter. "Ek moet sê, jou Engels is goed. Ek het eers gedink jy's 'n Engelsman."

"Ek het nie beplan om te kom veg nie, maar dalk sal ek. Ek het eintlik my oom kom soek. Wel, my vader se neef. Sy naam is Clarence Henry Cloete en hy boer glo hier naby. Weet julle van so iemand?"

Die twee kyk na mekaar en lag.

"Ja, ons ken hom," sê Jopie Taljaard. "Blink Clarence Cloete van die plaas Doornbosch."

John is bly om dit te hoor. "Waar's die plaas?"

"Oos van Pretoria, naby Irene, Nellmapius se plaas. Nellmapius en meneer Cloete het goud gevind by Pelgrimsrus. Deesdae boer jou oom met beeste, hy teel perde en hy's 'n lid van die Pretoria Club. Én hy't 'n baie mooi dogter." Jopie sit sy hand teen sy hart. "Mooi soos 'n engel. Die probleem is net, hulle is meer Engels as iets anders. Hulle vriende is die ryk Heyse en Bourkes en so aan. Nie gewone pennelekkers soos ons nie. Ek het darem een keer na 'n musiekaand by die Cloetes gegaan en boetie, jy moet daai huis sien. 'n Paleis. Alles ingevoer, tot die groot klavier. Natuurlik is Miss Cloete neus in die lug. Sy sal seker met 'n ryk Engelsman trou en nie met 'n Boertjie nie."

John is geïnteresseerd. Dít klink mos nou goed.

"Jy's 'n Kolonialer, 'n Britse onderdaan, en as jy vir die Transvaal kom veg, pleeg jy hoogverraad," sê Jopie. "Dan smyt hulle jou in die tronk, of erger. Jy't nuwe papiere nodig. Jy moet burgerskap van die ZAR hê."

John kyk onthuts na hom. "Hoe gaan ek dit regkry?"

Jopie lag skelm. "Ou maat, ek en Hans sal dit vir jou organiseer. Ek moet jou darem vergoed oor jy my verdedig het. Dan sal jy veilig wees."

"Baie dankie."

Jopie haal 'n stuk papier en potlood uit 'n sak. "Ek is altyd paraat. Skryf vir my jou volle naam, geboorte-datum, ensovoorts neer. Jy is in Pretoria gebore." Hy lag, en Hans lag saam.

"Dankie, ek is hergebore in Pretoria." John skryf dit neer. "Ek sal oor twee dae na my oom gaan soek. Ek wil eers 'n paar dinge in die dorp doen en die plek goed besigtig."

"Moet ek jou na Doornbosch neem?" vra Jopie Taljaard. "Ek ken mos die pad. Jy sal dalk verdwaal."

John kyk hom verbaas aan. "Wel … ja. Dit sal gaaf wees. Dankie."

"Reg, ou maat. Intussen kry ons vir jou die regte papiere en maak jou 'n burger van die ZAR."

❧ VIER ❧

Jopie Taljaard ry John se bagasie met sy kapkar aan en John ry te perd langs hom. Gou is hulle buite die dorp en volg die pad oor golwende heuwels en beboste laagtes. Hy geniet die landskap. Oral sing die voëls. Hier en daar ry hulle oor 'n spruit waarlangs wilgers met lang hangtakke buig. Bokant hulle is die lug wolkloos en helderblou. Dit is lente en groen gras voed die vee wat op die wye grasvlaktes wei. John kyk op na 'n valk wat bokant hulle draai; kompleet soos die Britse Ryk wat hulle bespied en vir die regte tyd wag om toe te slaan. Tog skyn alles so vreedsaam te wees dat hy skaars kan glo oorlogswolke pak saam.

Jopie beduie met sy sweep en roep: "Daar's jou oom se kasteel."

John staar verstom. Jy kan sowaar nie sy oë glo nie. In plaas van 'n vierkantige plaashuis soos dié wat hy gesien het, staan 'n huis met 'n hoë toring en skuins dakke. Dit is op 'n heuwel, onwerklik soos iets uit 'n feëverhaal. Hier in die Transvaalse veld nogal. Té elegant vir die omgewing; soos 'n gekorsette vrou in aanddrag te spoggerig vir die byeenkoms waar sy haar bevind. Jopie hét na sy oom as Blink Clarence Cloete verwys. Blink, vertonerig en gegoed moet hy wees as hy vir hom só 'n huis gebou het. Hierdie is die plaas van 'n welvarende boer.

Was dit nie 'n goeie plan om hierheen te kom nie! Mits hy welkom is, natuurlik.

Hulle bereik 'n groot plaashek tussen wit pilare. Daar is 'n bord met "Doornbosch, C Cloete" op. John kyk na 'n trop vet beeste wat daar naby wei op vars gras wat groen deur die swart van 'n vroeëre veldbrand opgekom het. Daar is landerye met mielies en groente. 'n Vrugteboord vol pienk en wit bloeisels. In die verte is 'n klompie hutte met grasdakke waar die plaaswerkers natuurlik woon.

John klim van sy perd af en maak die hek oop sodat Jopie kan deurry, en maak dit weer agter hulle toe.

Hulle ry verby 'n kothuis waar hy niemand sien nie en verder na die groot huis wat al groter lyk hoe nader hulle kom. Op die toring se spitsdak is 'n weerhaan. Die dakke is rooi en die huis wit, met 'n stoep rondom. Om die huis is 'n tuin met struike en blombeddings.

Op die stoep is 'n man wat botstil staan en kyk hoe hulle naderkom. John raak effe gespanne. Sou dit sy vader se neef wees?

Jopie hou voor die huis stil, en John ook. Twee swart seuns kom aangehardloop om die perde vas te hou. Die man op die stoep beweeg nie. Jopie klim uit die kapkar en hink na die stoep. "Dagsê, meneer Cloete. Ek het vir u 'n besoeker gebring."

Die man lig 'n kierie en groet. John klim van sy perd af en volg Jopie na die stoep. Die man wag vir hulle by die trappe.

"Dag," sê hy en kyk van Jopie na John. Sy oë rek. "As jý nie 'n Cloete is nie, is ék nie een nie."

"Ek is John Cloete, u neef Michael se seun, oom Clarence."

Die man staar na hom. "Slaan my dood. Wat op aarde doen jy hier, kêrel? Is julle nie aan die vooruitboer met volstruise nie?"

"Ek het kom kuier, oom Clarence. Jammer dat ek nie vooraf laat weet het ek's op pad nie."

"Ja-nee, wragtag! Dit is vir seker 'n verrassing."

Is hy ooit welkom? Clarence Cloete is nie juis verwelkomend nie.

John kan sien dat hy familie moet wees. Hy is grys, met blou oë, lank, maer en effens krom en nie soos 'n boer geklee nie. Hy dra 'n pak met 'n goue horlosieketting oor sy onderbaadjie gedrapeer. Hy is terselfdertyd bekend en onbekend. John weet dat dié Clarence Cloete onder 'n wolk weg is uit Oudtshoorn. Hy was glo te wild en avontuurlustig. Juis daarom het die man hom altyd gefassineer.

John klim die trappe en skud sy hand. Clarence Cloete se hand is koud en nie grof nie.

"Wat kom maak jy hier terwyl die oorlog dreig om uit te breek?" vra hy met oë wat vernou. "Moenie vir my sê jy kom al die pad Transvaal toe om te veg soos ander waaghalse van oorsee en die Kolonie nie? Hier's klaar 'n klomp wilde Iere en allerhande skarminkels wat nie kan wag om Engelse te skiet nie."

"Dit was nie eintlik my bedoeling nie, oom Clarence. Ek wou maar net wegkom uit Oudtshoorn en die wye wêreld verken."

Sy oom se oë bly geskreef. "Gevlug van 'n vroumens af? Of het daardie plek vir jou ook te klein geword?"

"Oom kan maar so sê."

Clarence Cloete kyk na Jopie wat soos 'n vaal mossie vir aandag staan en wag. "Ja, meneer Taljaard. Ek onthou jou. Hoe gaan dit met die goewerment? Neuk maar aan op hulle gewone ou trant?" Hy gee hom sy hand en Jopie skud dit met agting op sy gewoonlik parmantige gesig.

"Dit gaan goed genoeg onder die omstandighede, meneer Cloete."

"Ons lewe in stormagtige tye. Kom in, julle twee. Kom kry iets te drinke."

John en Jopie volg hom in. John kyk rond in die voorportaal. Die plafon is hoog en versier; daar is 'n groot spieël en 'n rak vir hoede en jasse. Die vloer is van gekleurde teëls in patrone gerangskik. Trappe met 'n swaar houtbalustrade loop na bo. Uit die voorportaal lei 'n lang gang en deure na ander vertrekke. Die mure is behang met portrette en skilderye. Dit skep beslis 'n weelderige indruk.

"Sara, koffie, asseblief!" roep Clarence Cloete by 'n deur.

Hy lei hulle na 'n ruim, elegant gemeubileerde voorkamer. Die gestoffeerde meubels is rooi en blou, die hoë vensters met fluweelgordyne gedrapeer. 'n Massiewe koperkandelaar hang bokant hulle koppe. Teen die mure hang skilderye van landskappe met berge en sneeu. Oral staan palms in potte en in die hoek van die vertrek is 'n klavier. Eintlik is daar te veel goed en die vertrek voel oorvol.

Jopie het hom vertel dat die ryk Pretorianers al hulle meubels per ossewa of trein van oorsee, vanaf die hawens en oor die baie myle na die binneland vervoer. Dié huis getuig daarvan. Net soos sy ouerhuis op Weltevreden. In die dorp, veral in die omgewing van Burgerspark, het hy groot herehuise gesien. Melrose Huis was die deftigste.

Ongetwyfeld is dié huis op Doornbosch ook deur 'n oorsese argitek ontwerp. So 'n dekoratiewe kasarm word nie sommer net gebou nie. Dit verg beplanning. Dis wat 'n ryk man hier kan bou, in dié wilde land. Heeltemal anders, veel meer uitspattig as die ou president se huis.

Met openlike bewondering flits ook Jopie se oë deur die woonvertrek.

John sit op 'n rooi gestoffeerde stoel wat sag onder hom induik en bestudeer sy vader se neef. Hy is duidelik nie iemand wat heeltyd buite werk nie. Hy is 'n jintelman, soos Jopie gesê het. Aangetrek soos 'n dorpenaar, met 'n netjiese baardjie en snor en hare. Skoon naels, nogal. Iemand vir wie alles gedoen word. Hy gee bevele en werk nie self nie. Tog het hy sekerlik in sy jeug op die goudvelde harde handearbeid verrig.

John is nou baie nuuskierig om die res van die gesin te sien, veral die dogter wat veronderstel is om 'n skoonheid te wees. Sy kleinniggie.

"My vrou-hulle is Pretoria toe om inkopies te doen," sê Clarence Cloete. "Die dorp is ook in beroering. In Junie het die onderhandelinge met die Engelse mos gefaal. Drie maande gelede het Chamberlain, die Britse Colonial Secretary, geëis dat Paul Kruger vir die Uitlanders volle stemreg gee, maar Kruger wou nie. Die skole het onlangs gesluit. Ons hoor die Engelse troepe is op ons grense. Paul Kruger en die Volksraad sal moet mooipraat."

"Ons kan nie voor hulle kruip nie, meneer Cloete,"

waag Jopie. "Ons het in 1881 vir onafhanklikheid geveg en veral by Majuba vir die Engelse gewys ons kan opstaan vir ons regte."

Clarence Cloete reageer só heftig dat John en Jopie skrik. "Ons het hulle gewýs?! Dit was niks meer as geluk nie. Die Engelse was onvoorbereid en ons het hulle verras. Hulle het die Transvaalse Boere onderskat, maar glo my: Dié slag sal hulle nie. Hulle wil die neerlaag by Majuba wreek."

Moedig sê Jopie: "Maar die president het wapentuig ingevoer en baie mense kom om ons te help veg. Ons hoor van Iere en Skandinawiërs en Russe; mense bied selfs ambulanse aan."

Clarence Cloete snork minagtend. "'n Handjievol vrywilligers en meesal gespuis. Hoe kan dié klein landjie teen die magtige Britse Ryk veg? Brittanje besit kolonies in Afrika. Hulle besit Indië, Nieu-Seeland, Australië, Kanada. Hulle kan troepe van oraloor invoer. Hulle het industrieë, 'n reusevloot, spoorweë, moderne wapens. Nee, kêrels. Selfs al staan ons en die Oranje-Vrystaat saam, kan ons nie hoop om hulle te verslaan as hulle met 'n georkestreerde aanslag teen ons kom nie. Selfs die Uitlanders gaan wapens opneem, en ons moenie dink ons sal hulle so maklik oorwin soos vir Jameson met sy Raiders nie."

"Ons sal nogtans veg." Jopie se stem bewe effens.

"Óns?!" roep Clarence Cloete uit en kyk na Jopie se horrelvoet. "Ek het 'n beskadigde been van die Laeveld teruggebring. Ek kán nie veg nie. My seun is nie juis gewillig nie, maar hulle sal hom waarskynlik dwing. Baie Engelse hier sal landuit vlug. Boonop is my vrou Iers; my dogter het skoolgegaan by die Loreto Convent en my seun by die Staatsmodelschool. Ons praat Engels én Afrikaans in hierdie huis. Ek wonder of ons dit sal regkry om neutraal te bly?"

John sien dat Jopie rooi in die gesig word en lyk asof hy homself inhou om iets te sê. Gelukkig rig sy oom hom op John.

"So, John, wil jy 'n ruk lank hier vertoef?"

"Ek sal dit baie waardeer, oom Clarence."

'n Lywige donker vrou in 'n swart uniform met 'n wit voorskoot en 'n wit mussie op haar kop kom by die deur in met 'n skinkbord waarop daar teegoed en beskuit is.

"Uiteindelik," sê Clarence. "Dié manne dood al van die dors."

Sy groet vriendelik, bedien hulle en gaan weer uit. Clarence Cloete lig sy kop en luister.

"Ek hoor die perdekar. My vrou-hulle is terug."

John hou sy lag in toe Jopie regop skiet. Natuurlik wou hy hom hierheen bring sodat hy die mooi Maura Cloete weer kan sien. Hy het John baie nuuskierig gemaak oor dié kleinniggie.

Ná 'n paar minute van spanning kom 'n gesette vrou in. Op haar kop is 'n enorme hoed wat versier is met blomme en vere. Haar wit bloes is met kant versier en haar donker romp klok uit. Sy dra juwele aan hals, vingers en ore. Haar middel is ingetrek deur 'n korset, maar dit is steeds groot. John kan sien dat sy in haar jeug 'n skoonheid moes gewees het. Sy het steeds 'n aantreklike gesig. Haar grysblou oë rek toe sy hulle sien.

Al drie die mans staan op. "Dis my vrou, mevrou Eileen Cloete," stel Clarence haar voor.

"Ek het gewonder wie kom kuier," sê sy in Engels met 'n Ierse aksent. Sy glimlag vir Jopie en John, maar haar glimlag verdwyn en sy staar na John. Haar mond gaan oop, haar wenkbroue boog en haar oë rek. "Jy lyk nogal soos my man toe hy jonk was."

"Wel, dié kêrel is John Cloete, my neef se seun. Hy kom van die Kolonie af. Ek dink jy ken vir Jopie Taljaard."

"Wel, wel. Dís 'n verrassing." Sy kyk onderlangs, half agterdogtig na John asof sy wonder wat op aarde hy by hulle kom soek.

Jopie en John skud haar hand. Vir John voel haar hand soos sagte deeg, buiten vir die harde ringe.

'n Jong man van agtien of negentien jaar oud kom ingestap. Hy is skraal, blond en geklee in pak en onderbaadjie. Sy gladde gesig het net 'n beduidenis van 'n baardjie; sy blou oë is strak van verbasing toe hy na John kyk. John kan die familietrekke herken, maar dié kêrel is nie besonder manlik nie en korter as hy.

"My seun, Henry," stel Clarence voor. "Henry, dis jou kleinneef John Cloete van Oudtshoorn in die Kolonie. Vir Jopie Taljaard ken jy mos?"

John steek sy hand uit. "Bly te kenne, nefie."

Henry se hand is kleiner as syne. Soos dié van 'n meisie. Pap en beenloos. John het momenteel die begeerte om dit seer te druk en te kyk hoe die ventjie reageer, maar hy hou hom in.

Op Henry se hakke kom 'n meisie haastig ingeloop. John staar verstom na haar. Dit voel asof iets in sy lyf ontplof, die vreemdste sensasie. Die hitte trek deur tot in sy ledemate. Sy is heeltemal anders as haar broer. Haar hare is donker en haar oë grys soos haar ma s'n. Fynbesnede gesig, vol mond. Anders as haar broer lyk sy energiek, vol lewe, en anders as haar moeder is sy slank met 'n klein, styf gekorsette middeltjie. Sy dra 'n blou romp en 'n wit bloes wat tot by haar keel toegestrik is met pêrelknopies. 'n Strooihoedjie op haar kop. John is seker niemand gaan háár in die straat miskyk nie. Gewis is Jopie se lofsange nie onvanpas nie.

John was bereid om van haar te hou, maar sy kyk hom van bo tot onder met 'n hooghartige houding wat hom dadelik affronteer. Daarom kyk hy hovaardig terug na haar, al het haar skoonheid hom in die midderif getref.

"Ontmoet jou kleinneef, John Cloete, wat al die pad van die Kolonie af gekom het om vir ons te kom kuier," sê Clarence Cloete. "John, dit is my dogter Maura."

"Ons kleinneef?" antwoord sy. Kyk hom skuins aan. "Nou toe nou. Ons weet nie juis van jou bestaan nie. Kom jy aan die Boerekant veg?"

Al weer dié vraag. "Ek is nog nie seker nie, maar dis moontlik."

"Kom jy by ons bly?"

"Ja, vir 'n wyle, mits ek welkom is …"

Sy draai na Jopie. "Hallo, meneer Taljaard. Gaan dit goed?"

"G… goed, dankie," stotter hy.

"Natuurlik is John welkom," sê Clarence Cloete. "Maura, sorg asseblief dat die gastekamer vir hom reggemaak word."

John is verlig dat sy vader se neef hom darem verwelkom. Hy vermoed Maura se broer is nie so inskiklik nie.

"Goed, Vader." Sy kyk na Jopie. "Jy's natuurlik welkom om vir middagete te bly, meneer Taljaard."

John kry lag, want Jopie kyk met uiloë na die hooghartige meisie wat praat asof sy vir hom 'n guns doen om hom raak te sien.

"Dit sal heerlik wees, dankie, juffrou Cloete."

Sy loop uit en John kyk na haar regop, slanke rug. Hy is nie seker of hy enigsins van haar hou nie, al laat haar skoonheid 'n man se bloeddruk styg. Begeerte sal sy wakker maak, dis vir seker. Sy laat hom egter soos 'n indringer voel. Hy skat daar is yster in daardie ruggraat. Sy lyk soos een van daardie meisies wat 'n man hiet en gebied, maar met hom sal sy haar rieme styfloop.

"Ons sal binnekort middagete geniet," sê haar moeder. "Verskoon my, asseblief."

"Bring jou bagasie in dat ons jou kan tuismaak," sê Clarence.

John en Jopie gaan uit na die kapkar. Die karperd is uitgespan en wei daar naby. John se hings is nie daar nie en hy vermoed die perd is na die stalle geneem. Hulle dra John se bagasie in. Henry staan op die stoep en kyk, maar bied nie aan om te help nie. Toe hulle egter die trappe na die stoep klim, sê hy: "Kom ek neem julle na die kamer. Julle kan hande was voor ete."

Henry lei hulle in die gang af na 'n slaapkamer. Hy kyk na John, maar onmiddellik weer weg. "Jy sal hier bly."

Die kamer is mooi gemeubileer met twee groot

enkelbeddens, 'n reusehangkas, wastafel met kom, lampetbeker en tafel met twee gemakstoele. Op die plankvloer is 'n veelkleurige mat en die beddegoed is spierwit.

"Lekker plek," sê Jopie met 'n sweempie afguns in sy stem.

"Laat ek julle wys waar die badkamer en toilet is," stel Henry voor.

Hy lei hulle verder en wys na 'n deur. "Daar's die badkamer. Ons het krane. Die toilet is in die volgende vertrek. Ons het 'n toilet binne-in die huis." Hy sê dit asof dit 'n luukse is, maar John ken dié weelde wel van sy eie ouerhuis.

"Wat is onder en wat is bo?" vra John.

"Onder is Vader se kantoor, die biljartkamer, die voor-, eet- en oggendkamers; die kombuis, spens en waskamer en so aan, die gastekamer, badkamer en toilet. Bo is ons kamers en heel bo die toringkamer."

Hy rits dit af met 'n mengsel van trots en minagting; asof hy te kenne gee dat die gaste hulle moet verstom omdat hulle waarskynlik nie gewoond is aan sulke weelde nie. Met irritasie luister John na sy hoë stemmetjie. Het sy stem dan nog nie behoorlik gebreek nie? Hy skat Henry al minstens negentien jaar oud.

"Wat's in die toringkamer?" vra Jopie.

"Dis net 'n uitkykplek."

"Om te sien of julle aangeval word?" spot Jopie.

Henry kyk minagtend na hom. "Nee. Kom na die voorkamer sodra julle klaar is." Haastig loop hy weg.

"Ek dink hoeka jou kleinneef is 'n snaakse outjie," sê Jopie terwyl hy sy hande was.

"Ek dink nie hy's juis verheug dat ek kom kuier het nie. Ek kom seker hulle vrede versteur."

"Die vrede is oor en verby, my maat. Hy sal opgeroep word vir kommandodiens, maar kan hy ooit iets raak skiet? 'n Regte mamma se seuntjie. Ons vriend Hans is ook maar 'n vrotsige skut, maar hy oefen darem."

Clarence Cloete wag vir hulle in die voorkamer. "Kom ons gaan eet, kêrels. Julle lyk vir my vaal van die honger."

By die swaar houttafel kan twaalf mense maklik sit. Twee enorme buffette staan aan weerskante en teen die mure is skilderye van vreemde landskappe met berge en sneeu. John se blik glip oor die blink silwer, swaar gepoleerde hout en deftige muurpapier. Die tafel is mooi gedek met oënskynlik duur messegoed en breekgoed. Die tafeldoek en servette is spierwit en gestyf.

Eileen Cloete beduie waar John en Jopie moet sit. Clarence sit aan die hoof van die tafel met die vroue weerskante van hom. Jopie gaap Maura aan, maar John kyk nie na haar nie. Dié meisie is natuurlik gewoond dat mans voor haar val terwyl sy eintlik op hulle neersien.

Die groot maaltyd word bedien deur die dik Sara en 'n meisie in uniform. Daar is sop, skaapboud en verskillende soorte groentes. Aartappels is goudbruin gebak. Groente is versoet. Die kos is heerlik en John smul. Hy let op dat Eileen Cloete gulsig eet. Sy konsentreer op haar kos en praat kwalik. Henry pik aan sy kos. Clarence eet met smaak en Maura ook, maar sy eet minder; sy bestudeer hom, maar kyk vinnig weg wanneer hy opkyk na haar. Is hy vir haar soos 'n tolbos wat aangewaai kom? Daarom minag sy hom?

"Julle onthaal ons darem wonderlik," sê Jopie.

"Ons het dikwels onthaal, nou bly almal tuis en wag vir die oorlog," kla Eileen Cloete.

Haar man kyk sinies na haar. "Mense is verdeeld, vrou. Baie van hulle beskou ons as meer Engels as Boer. Ons vriende wil eers kyk aan watter kant van die draad ons afval."

"Hopelik aan die regte kant," sê Maura. "As Henry gaan veg en ek verpleeg, sal ons nie soos verraaiers lyk nie."

John staar na haar. Sy wil die regte ding doen en is patrioties; persoonlik traak dit hom nie juis nie. Hierdie republiek is nie sy hartland nie, maar veg hy aan Boerekant is dit iets om te doen en dis ongetwyfeld 'n groot avontuur. Hy wil hoeka mos aksie hê.

"Mans van sestien tot sestig is krygspligtig," verduidelik Jopie. "Maar ek weet jong seuns sal saam met hul vaders gaan. Hans Potgieter is al gereed om te gaan maar ek kan nie gaan nie. Ek is een van die arme drommels wat moet bly en dinge aan die gang hou." Hy kyk na John en Henry. "Julle moet mausers by die landdros gaan haal. Julle het nie uniforms nodig nie. Net die Staatsartillerie en Zarps dra uniforms. Hans moes vir hom 'n perd kry by sy oom Piet Potgieter wat noord van Pretoria boer. Daai Potgieters staan saam. Julle twee kan dalk by hulle aansluit wanneer die kommando opgeroep word."

Henry lyk dikbek en kyk af na sy bord kos.

"My vriendin Lenie en ek wil gaan verpleeg wanneer die oorlog uitbreek," kondig Maura trots aan.

"Ons sal leer om wonde te verbind en mense wat beseer is, te versorg. *De Volkstem* het vir vrywilligers gevra. Ek wil darem iets nuttig doen."

"Dis die vuilste werk wat 'n meisie kan doen," raas haar moeder.

"Ons het nog nie finaal besluit nie," grom haar stiefvader.

Haar wange word bloedrooi. "Ek gaan nie Kolonie toe vlug soos die Uitlanders nie en as ons hiér bly, het ons 'n plig teenoor ons land."

"Hoor, hoor," sê Jopie.

John let op hoe Eileen Cloete en Henry vir Jopie aangluur. Hulle is beslis nie patrioties oor die land waarin hulle so lekker lewe nie. Sy lyk kwaad en ongelukkig. Wil natuurlik nie hê haar seuntjie moet sy lewe in gevaar gaan stel nie. Die dood kan enige tyd gebeur. Jy weet net nie wanneer jou einde kom nie.

❧ VYF ❧

Maura kyk hoe John sy mond netjies met die servet afvee. Hy het 'n groot ontbyt van eiers, vleis, brood en konfyt met smaak geëet. Hy is natuurlik goed grootgemaak. Sy maniere is verfynd, maar dit doen nie afbreuk aan sy manlikheid nie. Hy is ver van lelik af. Lank en lenig, maar sterk met skouers hoekig en breed. Sy hare is goudblond en sy oë helderblou soos wat haar stiefvader s'n blykbaar in sy jeug was. Iets omtrent hom maak haar ongemaklik; asof sy nie behoorlik in sy teenwoordigheid kan asemhaal nie.

Geen man het haar nog ooit op so 'n vreemde manier geaffekteer nie.

Hy vertel dat sy vader 'n vooruitstrewende boer is, dus ken hy die plaaslewe. Sy mense boer nogal met volstruise en die vere verdien baie geld, vertel hy. Hy lyk beslis nie of hy uit 'n arm agtergrond kom nie. Onnosel is hy ook nie. Hy praat intelligent. Roekeloosheid en dapperheid het hy seker in oorvloed. Hy vertel hoe hy al die pad per trein gereis het tot by Mafeking en toe alleen tot by Rustenburg waar hy saam met Boere gereis het wat met 'n ossewa van Rustenburg na Pretoria onderweg was. Dit verg moed. Hy ry 'n spogperd en sy klere is van goeie gehalte.

Waarom wou hy hierheen kom? Sy kan nie dink

dat hy so graag aan die oorlog wou deelneem dat hy al die pad daarvoor gekom het nie. Was hy in die moeilikheid oor iets, en toe vlug hy liefs hierheen? Het hy dalk 'n meisie swanger gemaak en toe wil hy nie met haar trou nie? Soos haar vader? Haar moeder het haar dit vertel en haar vader weet nie sy weet nie.

Haar moeder is agterdogtig en Henry hou uit die staanspoor nie van hom nie. Haar stiefbroer is jaloers omdat John manlik en aantreklik is en hy kan seker-lik sien hul vader hou van hom. Vreemd genoeg lyk neef John meer soos haar vader se seun as Henry.

Behalwe dat hy 'n snaakse effek op haar lyf het, asof sy uitasem is, of te warm wanneer hy naby haar is, is daar iets in die vreemde kleinneef se oë wat haar onrustig maak. Daar is 'n rusteloosheid omtrent hom. Hy is anders as enige van die jong mans wat sy ken. Geheimsinnig. En dit daag haar uit.

Hy's nie juis oorvriendelik met haar nie. Kyk haar eintlik middeldeur. Laat haar voel asof sy tekortskiet.

Vanoggend piep haar moeder weer vir Henry só op dat Maura eintlik skaam kry voor die vreemdeling wat in hulle poorte aangekom het. Henry lyk asof hy nie goed geslaap het nie en is dikbek.

"Voel jy siek, my lief?" vra hulle moeder en streel met die agterkant van haar hand oor sy wang.

"Nie regtig nie," blaf hy, en koes weg.

Maura kyk ergerlik na hulle. Wat dink dié blykbaar roekelose John van haar stiefbroer? Dat hy 'n pap-perd is? Om die een of ander onverklaarbare rede is sy mening vir haar belangrik.

"Ek sal jou vanoggend die plaas wys," sê haar stiefvader vir John. "My been laat my nie toe om meer perd te ry nie; ons sal in die kapkar gaan. Maura, jy kan saamkom."

Dan sit sy dalk in die perdekar langs John …

Sy was van plan om dorp toe te gaan, na tant Huibrecht-hulle.

"Goed, ek kom saam," stem sy in.

"John kan dryf." Haar stiefvader help haar op sodat sy in die middel sit en moeisaam klim hy agterna.

John neem plaas langs haar, vat die leisels. Sy groot been en voet is langs haar voet onder haar lang romp. Sy kan hom ruik, en dis verbasend lekker. Hy voel groot langs haar en sy loer na sy profiel met die reguit neus en sterk ken. Genade, maar hy ís aantreklik! Soos haar vader eens op 'n tyd was. Haar moeder het gesê: "He was a fine figure of a man, I could not resist him."

Terwyl hulle ry, stamp sy 'n aantal kere teen hom. Dit is gans te onthutsend, daarom kyk sy stip vorentoe. Hy praat met haar stiefvader oor alles wat hy sien, en nie 'n woord met haar nie. Sy voel eintlik gebelg dat hy haar so geringskat.

Voor hulle werk die twee perde se blink boude en agter hulle dwarrel die stof op. John klap die sweep sonder om hulle raak te slaan.

Clarence beduie na 'n trop beeste wat rustig wei. "Die runderpes van 1896 het baie boere uitgeroei. Ek het gelukkig deur daardie ramp gekom sonder om te veel verliese te ly. My beeste is van die beste in dié geweste."

"Ek kan dit sien, oom Clarence."

Hulle besoek die krale, sien die trop skape, die

hoenderhokke, die dam met ganse en eende en laastens die stalle. Clarence klim met kreunende moeite van die kapkar en hink na die stalle. John help Maura af, haar slanke hand koel in syne. Hy glimlag toe sy dankie sê. Haar wange is blosend en haar donker hare blink in die sonlig. Daardie rooi mond is gemaak om te soen.

Margaretha s'n was ook gemaak om te soen en 'n man te verlei. Opsetlik draai John sy rug op Maura en loop agter die hinkende Clarence aan.

"Ons het volbloedperde," vertel Clarence trots. "Die Proviand Commissie sal van hulle kom kommandeer, daarvan is ek oortuig. Ek wil nie eens daaraan dink nie."

John is werklik beïndruk. Hy het gedink Fleur is sonder weerga, maar sy oom het regtig spogperde. Hy is heeltyd bewus van Maura wat 'n paar tree van hom af staan en na die perde kyk. Sy gee hom 'n soort ongemak in sy lyf wat hy laas ondervind het toe hy die eerste keer met Margaretha kennis gemaak het. Dit is maar net omdat albei so mooi is. 'n Rooibloed- man reageer mos onwillekeurig op so iets.

"Die dorpsburgers sal perde nodig hê," sê Clarence suur. "Dis hopeloos om behoorlike betaling te verwag. Ons regering is so suinig, ons het nie eens behoorlike mediese dienste nie; dan wil hulle mense oorlog toe stuur om gedood en gewond te word. Ek het goeie pryse vir my perde betaal. Ingevoer uit die Kolonie. Daardie hings van jou is 'n kampioen. Ek sou graag met hom wou teel."

"Oom is welkom om met Fleur te teel, maar ek sal miskien eers met hom oorlog toe moet gaan. Ek en

hy verstaan mekaar en hy duld nie dat enige vreem-
deling op hom ry nie."

Sy oom lyk glad nie bly om dit te hoor nie. "So, jy
dink tog daaraan om te gaan veg? Ek kan altyd vir
jou 'n gesoute Boerperd leen. Hulle is gehard, kry nie
perdesiekte nie en vrek nie sommer nie."

"Nee, dankie, oom Clarence. Maar ek belowe dat
Oom ná die oorlog met Fleur kan teel."

Sy oom frons só kwaai dat John ongemaklik raak.
Fleur is egter vir hom net té belangrik om agter te
laat. Sy waardevolste besitting.

"Ek dink dis die mooiste hings wat ek nog ooit ge-
sien het," sê Maura skielik.

Hy is verplig om vir haar te glimlag.

'n Middeljarige swart man kom aangeloop. "Môre,
Baas." Hy kyk verras en nuuskierig na John.

"Aha, Elias. Kan jy sien dat dié jong man na my
lyk? Hy's familie en sy naam is John Cloete. John, dis
my regterhand Elias Dlamini wat my agterryer in die
Laeveld was. Hy't my lewe gered toe ons deur 'n leeu
aangeval is. Nou bly hy en sy familie op die plaas."

Elias grinnik en wys dat sy voortande uit is. "Hau,
hy's die familie? Dis goed om jou te ontmoet, Klein-
baas."

John grinnik terug. "Dis goed om die dapper man
te ontmoet wat my oom se lewe gered het."

"Elias se seun, Ngafane, sal jou en Henry se agter-
ryer moet wees as julle oorlog toe gaan," sê Clarence.

Elias se gesig word ernstig. "Julle gaan oorlog toe?"

"Ons sal miskien moet, Elias," antwoord John,
terdeë bewus daarvan dat Maura hom met 'n frons
bekyk.

Ná twee dae by Doornbosch waartydens hy sy be-
langstelling in die boerdery toon, voel hy dat slegs sy
oom hom regtig daar wil hê. Maura is weg net nadat
hulle die plaas in die kapkar besigtig het. Dit lyk asof
sy hom vermy. Henry vermy hom beslis en sy ma is
nie oorvriendelik nie.

Een middag is Maura skielik weer daar, vol nuus
van wat in die dorp aangaan en hoe die regering en
burgers hulle vir oorlog voorberei. Hulle sit aan vir
aandete en hy probeer sy oë van haar afhou, maar sy
is só mooi as sy opgewonde is en haar grys oë blink
so pragtig tussen dik swart wimpers, dat hy kort-kort
na haar loer.

Ná ete gaan staan hy op die stoep en kyk op na
die sterrehemel. Luister na plaasgeluide; die bulk van
'n bees, 'n hond se veraf geblaf, krieke wat skril tjirp.
Hy is nou vas oortuig dat hy vir die Transvalers gaan
veg. Hy sal vir sy ma skryf en haar vertel.

Hy ruik die blommegeur van seep en parfuum
voordat Maura langs hom op die donker stoep ver-
skyn. Sy hart gaan aan die galop. Wat de hel makeer
hom? Hy is so erg in die tande geskop dat hy mos dub-
beld versigtig moet wees vir 'n mooi gesig en slanke
lyf. Veral van iemand wat so eiesinnig voorkom.

"As Henry opgeroep word, gaan jy saam?" vra sy.

Hy kyk na haar, maar kan nie haar gesig en oë uit-
maak nie. "Ja, ek sal ook gaan veg."

"Het jy eintlik met daardie doel na ons toe gekom?"

"Nie regtig nie, maar ek is nou hier en voel ek moet
help."

Sy is te naby. Laat sy lyf reageer.

"Waarom het jy jou huis verlaat? Vader sê julle is

ryk boere en ons oorlog het eintlik niks met julle te doen nie."

Hy adem haar unieke geur in. "Die vrou met wie ek wou trou, het my broer verkies. Toe sien ek nie kans om te kyk hoe hulle twee trou nie. Maar dis nie al nie. Ek wou uitkom en die wêreld sien. Daar is soveel meer om te doen as om met volstruise te boer en jou heeltyd te bekommer oor die pryse van pluime."

"Is jou hart dan gebreek?" vra sy sag, simpatiek.

Hy wil haar hand vat. Aan haar raak, maar hy hou hom in.

"Ek dink ek is besig om te herstel, dankie. Jou moeder is besonder besorg oor Henry. Hy lyk nie bra lus om te gaan oorlog maak nie."

Sy sug. "Ja, snaaks, hy's eintlik haar stiefseun en ek haar eie dogter, maar sy lyk liewer vir hom as vir my."

John is verbaas. "Stiefseun? Hoe werk dit?"

"Henry is Vader se seun by sy vrou wat oorlede is. Ek is Moeder se dogter by mý vader wat dood is. So, Henry is my stiefbroer en Clarence Cloete is my stiefvader. Dit maak jou my stiefneef, of eintlik niks van my nie."

John word byna oorweldig deur verligting. Maura is nie 'n bloedverwant nie. Hy kan haar die hof maak as hy wil.

Maar nee, die donkie stamp nie sy kop so gou en maklik teen dieselfde klip nie.

"Soete nagrus," sê sy en verdwyn so saggies soos sy gekom het.

Hy wens sy het langer gebly.

❤ SES ❤

Maura skraap haar moed bymekaar. Waarom is sy tog so senuagtig om hom te vra? Sy wil hê Lenie-hulle moet John ontmoet. Sy moet weet wat hulle van hom dink. Vroegoggend gaan klop sy aan sy deur. Haar hart is besig om te tamboer. Sy is eintlik vies vir haarself oor sy so oorreageer.

Hy maak 'n skrefie oop. Sy hare is deurmekaar toe hy uitloer. Die blou oë rek verbaas. "Môre …"

"Môre, John. Ek … e … gaan vanoggend dorp toe en het gewonder of jy wil saamkom? Ek wil jou aan mense voorstel en … e … darem vir jou iets van die dorp wys … Mits jy lus het, of nie te besig is nie …"

Die breë glimlag wat op sy mooi mond verskyn, laat haar simpele hart bokspring. Sy het nou sowaar aan die diep kant van die dam ingespring, en nou moet sy swem dat dit bars.

"Alte graag. Hoe laat wil jy ry?"

"Ná ontbyt. Ngafane kan solank vir ons die kapkar inspan."

"Goed, ek sal reg wees."

Hy maak sy deur toe en sy loop met 'n warm gesig weg. Het sy tog nie gebloos nie? Lag hy nie dalk daar-voor nie? Sy maak haar rug regop en spreek haar-self kwaai aan. Sowaar, Maura Cloete, jy moet jouself regruk en jou nie soos 'n simpele bakvissie gedra nie. Waar is jou waardigheid? Die man wat vir jóú die bewerasie gee, moet nog gebore word.

Maura sit regop soos 'n meerkat langs John, bewus van elke beweging van sy lyf, sy hande wat die leisels en sweep vashou, sy sterk profiel onder sy hoed. Hy is mooi aangetrek, in dorpsklere, en sy is seker sy voorkoms gaan 'n goeie indruk maak.

Sy wys vir hom plekke en vertel waar hulle is. Hy luister en reageer belangstellend. Hy het so 'n mooi stem. Nogal diep vir 'n jong man van slegs twintig of so.

"Ek kry die gevoel dat almal net sit en wag soos voor 'n donderstorm wanneer selfs die diere stil raak, of senuagtig," sê sy toe hulle Kerkstraat bereik.

"Hulle wag vir die byl van oorlog om te val."

"Dit sal een van die dae gebeur."

"Ongetwyfeld."

Die dorp is besig, maar John stuur die kapkar behendig deur die verkeer en mense. Maura geniet dit om langs hom te sit en hom alles te wys.

"Ons gaan nou na Lenie-hulle in Jacob Maréstraat," sê sy. "Hulle bly in 'n mooi huis tussen ander mooi huise. Naby Burgerspark."

"Ek het daar gaan rondkyk toe ek in Pretoria aangekom het. Dis 'n deftige deel van die dorp."

"Lenie se vader, Roelof Kruger, werk vir prokureur-generaal Jan Smuts," sê Maura trots. "Haar broers Roelf en Samuel sal ook gaan veg. Samuel is so oud soos jy. Dalk hou julle van mekaar. Theunsie is net dertien jaar oud en sal moet tuisbly. Lenie is die enigste dogter en my beste vriendin, en tant Huibrecht is vir my soos 'n tweede moeder."

"Dis 'n voorreg om sulke vriende te hê."

Hulle ry oor Kerkplein na Markstraat, en tot by Jacob Maréstraat. "Draai hier links," sê sy.

Sy beduie links en regs. "Daar's die Bourkes se huis, daar is Melrose House van die ryk Heyse. Draai in by die hek van daardie huis op die hoek. Dis die Krugers s'n."

Theunsie kom aangedraf om die hek vir hulle oop te maak. "Dagsê, Morrie," roep hy laggend.

"Dagsê, Theunsie. Is die mense tuis?"

"Ja."

"Morrie?" vra John met 'n glimlag.

"Ja, dis wat Theunsie my noem."

'n Staljong kom neem die perde en soos 'n ware heer help Theunsie vir Maura van die kapkar. Hy kyk nuuskierig na John wat 'n ent langer is as hy.

"Ontmoet my aangetroude kleinneef, John Cloete," stel Maura hom voor.

Sedig skud hy John se hand. "Welkom by die Kruger-huis, meneer Cloete."

John glimlag. "Dankie. Bly te kenne."

Theunsie hardloop vooruit. Maura hoor hoe hy Lenie roep. "Kom kyk hier! Morrie het iemand saamgebring."

Lenie staan in die voordeur en kyk verwonderd na hulle. Maura stel John voor.

"Bly te kenne," sê hy en haal sy hoed af om sy goue hare te wys. Lenie kyk hom so verbaas aan dat haar mond oopval. Maura wil lag. Natuurlik is hy aantreklik vir Lenie, en vandag lyk hy besonder goed in sy bruin pak klere en blinkgepoleerde skoene.

"B... bly te kenne," stotter sy. "K... kom gerus binne. Ek en Moeder sny ou lakens en linne op vir verbande vir die hospitale. Ek het groot nuus, maar ek vertel julle as ons lekker tee drink."

Maura ruik die bekende geure van die huis waar sy al jare lank kom kuier sedert sy Lenie by haar musiekonderwyser se huis leer ken het. Lenie het na die Staatsmeisjeskool gegaan en Maura na Loreto Convent, maar dit het nie saak gemaak nie. Lenie se vader is in die goewerment en Maura s'n is 'n boer met 'n Ierse vrou wat gedurig die regering kritiseer. Lenie se gesin is Afrikaners en Paul Kruger-ondersteuners. Hulle is ook verwant aan die president. Nogtans het Maura altyd hier tuis en aanvaar gevoel.

Tant Huibrecht sit met 'n rol verbande op haar skoot en 'n brilletjie op haar neus. Dit lyk vreemd, want sy het 'n mooi rok aan; asof sy beplan om uit te gaan na iemand se oggendtee. Sy sit die verbande op die lae tafel voor haar neer, kom orent en trek haar rok reg. "Dis lekker om jou te sien, my kind. Ons het goeie nuus vir jou. En wie's dié jong man?"

"Ek kan nie wag om te hoor nie, Tante. Kan ek my ... e ... aangetroude kleinneef, John Cloete, voorstel? Hy kom van die Kolonie af en is van plan om vir die ZAR teen die Engelse te gaan veg."

Tant Huibrecht se glimlag is breed en ingenome. "Nou toe nou! Jy is alte welkom, jong man. My seuns en my man wag net om opgeroep te word. Ons het al die hulp nodig wat ons kan kry."

John skud haar hand. "Dit is 'n voorreg om te kan help en om u te ontmoet, Mevrou."

"Tant Huibrecht vir jou, en ek sal jou John noem. Lenie, gaan bestel asseblief vir ons tee en soetkoekies. Ek is seker ons gaste is dors."

Maura kan haar glimlag nie wegsteek nie. Dit lyk asof John 'n goeie indruk maak; die Krugers se mening is vir haar baie belangrik.

Hulle sit met koppies in hulle hande en Maura loer om te sien hoe John hom gedra. Dit is weereens duidelik dat hy goed opgevoed is. Hy is geensins onbeholpe nie en sê al die regte dinge. Lenie gaap hom aan asof sy haar oë nie kan glo nie. Lenie sien altyd aantreklike mans raak. Vir die eerste keer irriteer dit Maura, maar net so effens.

"Die skole sluit al en een van die dae word die kommando's opgeroep," sê tant Huibrecht. "Dan moet ek maar vir Theunsie tuisskoling gee."

Hy sit daar naby met 'n koekie in sy hand. "Ek wil saam met Vader-hulle gaan."

"Jy's nog te jonk," sê sy moeder streng.

"Wie gaan die vroumense oppas as jy ook weggaan?" vra John met 'n glimlag. "Jy het óók 'n plig."

Theunsie se frons verdwyn. "Moet ek …?"

"Ja, ons maak op kêrels soos jy staat," antwoord John.

Maura sien hoe die vroue vir mekaar kyk en glimlag. John het nou net op die regte snaar getokkel.

"Watse wonderlike nuus het julle?" vra sy.

"Meneer George Bourke gaan die Eerste Staatstehuis in 'n hospitaal omskep," sê Lenie geesdriftig.

"Dis mos die Staatsmodelskool in Van der Waltstraat se hostel."

"Tans is die opsigter meneer Collins, wat saam met sy vrou en twee dogters daar woon," voeg tant Huibrecht by. "Hulle kan daar aanbly, maar die hospitaal moet in Desember open. Die Rooikruis het opdrag gegee dat alles skoongemaak word en dat die beddens en meubels reg gerangskik moet word. Menere Bourke en Collins is nou besig om personeel te werf, voorrade by die Kommissariaat te bestel en wasdienste te organiseer. Die Rooikruis betaal glo vir alles en TW Beckett se apteek verskaf die medisyne. Daar gaan vyftig beddens wees. Ek het reeds vir menere Collins en Bourke vertel dat julle twee meisies deel van die verpleegspan daar wil wees."

Maura klap haar hande hard saam. "Ag, ek is verheug!" Sy kyk na John. "Is dit nie wonderlike nuus nie?"

Hy lyk egter skepties. "Ja, maar maklike werk sal dit nie wees nie. Om gewonde mans te verpleeg is nogal 'n uitdaging."

Sy wip haar. "Dink jy ek's nie opgewasse nie? Dat ek te sag grootgeword het?"

Hy frons. "Ek dink nie dit ontbreek jou aan moed nie, Maura. Ek dink net jy moet dit nie onderskat nie."

"Jy moet my nie probeer afskrik nie," verwyt sy.

"Glad nie. Ek dink jy sal doen wat jou hart jou vertel om te doen."

Hulle kyk lank na mekaar voordat sy wegkyk. "Daarmee is jy reg."

Wat het nou gebeur? Dit was asof 'n vonk tussen hulle geflits het.

"George Bourke is 'n goeie man en lojale Republikein," onderbreek tant Huibrecht haar gedagtegang. "Hy stuur ook 'n ambulans saam met die kommando's. 'n Paar ongetroude meisies het reeds aansoek gedoen om te verpleeg: die dogters van die oudpresident, Beatrice en Florence, en Martha Meyer, die generaal se dogter. Omdat dit 'n Rooikruishospitaal sal wees, sal hul pasiënte sowel Boer as Brit wees. Ons sal maar sien hoe dit werk, maar ons is Christene wat ons medemens in pyn en teenspoed moet help."

"Ons sal nuttige werk doen en nie net met ons handjies gevou sit nie," sê Lenie. Sy kyk van Maura na John wat instemmend knik.

"Julle sal goeie werk doen," antwoord hy. "Maar dit sal nie maklik wees nie." Hy kyk na Maura. "Dit het nie vir my geklink asof jou vader en moeder dit goedkeur nie?"

Sy byt op haar lip en frons. "Ek sal hulle ompraat."

"Jy kan hier by ons kom loseer, aangesien die seuns dan weg sal wees," stel tant Huibrecht voor.

Maura kan haar gerus om die hals val en soen. "Baie dankie, Tante! Dit sal Vader-hulle dalk heelwat gerusstel en hulle makliker laat instem."

"Samuel gaan swaar van jou afskeid neem, Maura," sê Lenie.

Maura vries. "O … regtig?"

Sy sien John kyk ondersoekend met geligte wenkbroue na haar. Sy sê niks en verander die onderwerp. "Dra ons uniforms as ons verpleeg?"

"Ja," antwoord tant Huibrecht.

Nadat hulle afskeid geneem het en weer by die

kapkar kom, vra John: "Is dié Samuel 'n belangrike man in jou lewe?"

Sy bloos maar sê kortaf: "Nee, wel, ons is goeie vriende."

"En hy wil graag meer as bloot 'n goeie vriend wees?"

Sy haal haar skouers op en beduie dat hy haar by die kapkar moet inhelp. Miskien is dit goed dat hy weet iemand stel in haar belang. Dat sy darem gesog is.

❧ SEWE ❧

In die middel van die oggend kom 'n boodskapper by Doornbosch aangery. Hy vertel hulle dat die burgers moet regmaak vir oorlog en by die Pretoria Kommando moet gaan aansluit. John en Henry gaan na die landdros se kantoor om nuwe Duitse mausergewere te gaan haal. John het sy papiere by Jopie gekry wat hom as 'n burger van die ZAR verklaar en hy voorsien geen probleme nie.

John en Henry ry dorp toe. Op pad sien hulle 'n stroom mans wat ook dorp toe gaan. By die landdros se kantoor is John verheug om Jopie en Hans raak te loop.

"Ek kom my donderbus haal," grap Hans.

"Ek kom net kyk hoe julle dit doen," sê Jopie. Hy knipoog vir John. "Landsburger Cloete, ek veronderstel jy kan behoorlik skiet?"

"Ek kan goed skiet, burger Taljaard. Baie dankie." Hy knipoog terug.

"Ai, ek wens ek kon saam met julle gaan."

Hy klink só verlangend, só verwese, dat John hom jammer kry. Hier smag sy horrelvoet vriendjie om te gaan veg, maar Henry gedra hom soos 'n kind wat gedwing word om skool toe te gaan waar hy weet hy gaan pak kry.

"Julle moet by ons Potgieters aansluit wanneer ons moet vertrek," sê Hans. "Ons sal per trein gaan. Soek ons by die stasie."

"Goed, ons sal," belowe John.

Hy vind dit vreemd dat die burgers blykbaar doen net wat hulle wil. Besluit sommer self hoe en saam met wie hulle wil gaan veg.

Hulle vertrek vroegoggend van die plaas af. Voor die huis neem hulle afskeid. Die perde is vars en trippelend. Hul saalsakke bult van die proviand. Ngafane Dlamini, 'n fris jong man in sy twintigs, ry op 'n Boerperd en lei 'n pakmuil met ekstra voorraad.

John en Henry dra sogenaamde Majuba-hoede, rybroeke en kamaste. Bandeliere met patrone hang oor hul lywe en die gewere hang oor hul skouers. Henry ry 'n pragtige skimmel, een van sy vader se beste perde. Ten spyte van die perd en sy goeie toerusting lyk hy egter so bedremmeld en onwillig dat John skaars sy minagting kan wegsteek.

Hý is opgewonde om te gaan en sien uit na die avontuur. Hy is bly dat hy nie langer van die Cloetes se gasvryheid gebruik hoef te maak nie. Bekyk weer sy saal, sy sakke, dat alles reg lyk.

Dit pla hom egter dat hy dink hy gaan die mooie Maura mis. Dit was nou glad nie in sy beplanning nie. Hy dink ook deesdae minder aan Margaretha. Die seer is werklik besig om te wyk.

Maura omhels en soen haar broer. "Ons is trots op jou, Henry."

John kyk hoe hulle om Henry kloek. Die gewigtige moeder se dubbele ken bewe van aandoening toe sy haar seun omhels. Trane stroom uit haar oë en sy ruk soos sy snik. Pleks dat sy hom aanmoedig. Hom goed laat lyk; soos 'n man. Nou laat sy hom huil. Het hy geen sin vir avontuur nie? Sy vader was 'n goudmyner en transportryer deur gevaarlike gebiede. Deur harde werk en uithouvermoë het hy homself verryk. Sy seun aard hoegenaamd nie na hom nie. Hy's 'n papbroek.

Ngafane groet sy familie soos 'n man. Skynbaar steek daar meer in dié werker as in die baas, dink John, en kyk op na die torinkie van die huis waar die weerhaan dapper draai in die ligte bries. As 'n mens in daardie toringkamer is, kan jy ver oor veld en vlakte sien. Hy wonder wanneer hy hierheen sal terugkeer. Miskien nooit?

Sy oom se gesig is strak, maar hy groet hom met die hand. "Laat dit goed gaan, John," sê hy en fluister dan: "Kyk tog asseblief na my seun? Hy's nie so sterk soos jy nie."

"Dankie, ek sal, Oom."

Maura huil nie openlik nie, hoewel haar oë verdag blink. Hoe gaan sy hom groet? "Mag dit met julle goed gaan," sê sy formeel, maar sy word bloedrooi toe hy haar hand soen.

Hy wens hy kan haar vol op die mond soen. Daar is iets in haar oë wat amper lyk soos spyt, of verlange, as sy na hom kyk. Het hy dieselfde effek op haar wat sy op hom het? Hulle kan eenvoudig nie afsydig teenoor mekaar staan nie. Blykbaar is daar iets tussen haar en Samuel Kruger, want dit klink asof daardie kêrel verwagtinge het.

Skielik omhels sy hom. "Kom veilig terug."

Hy wil haar teen hom vasdruk, sy verbasing groot, sy hart aangeraak. "Ons sal probeer."

"Bring daai hings terug sodat ons met hom kan teel," is sy oom se laaste woorde.

"Ek maak so, oom Clarence."

Hulle ry weg en die Cloetes en Dlamini's kyk hulle agterna. Henry hou aan met wuif, maar John draai nie om nie, al smag hy om 'n laaste keer na Maura te kyk.

Hy moet ligloop vir 'n ander man se nooi. Hy weet hoe dit voel as iemand jou geliefde afvry.

Burgers stroom te perd, met waens en rytuie dorp toe. Die ruiters dra enige soort klere, meesal met velskoene, en almal is gewapen. John is bewus dat hy en Henry met hulle goeie uitrustings 'n kontras met ander burgers vorm. Bebaarde mans is van alle ouderdomme en soos Jopie voorspel het, is daar verskeie seuns by. Baie van hulle se vroue en kinders het op waens saamgekom om van hulle afskeid te neem. Hy sien oral kappies.

Pretoria se strate is soos 'n bynes. John, Henry en Ngafane vleg deur die massas mense, ruiters en voertuie om by die stasie te kom waar die kommando bymekaarkom. Van daar af gaan hulle per trein na Sandspruit aan die Natalse grens.

John soek na Hans Potgieter en kry hom uiteindelik by 'n groep mans wat soos burgers lyk. Hy waai en ry nader.

"Jy het gesê ons moet by julle aansluit, Hans."

"Natuurlik, my vriend. Julle is meer as welkom. Kom ontmoet almal." Hy kyk egter skuins na Henry. Groet hom, maar nie hartlik nie.

Hans stel hulle aan sy makkers voor. "Dis my oom, Piet Potgieter, en my neefs Coenie, Pietman en Daniel."

Coenie lyk vir John niks ouer as veertien nie, maar die seun kyk hulle kordaat aan en hou sy geweer teen sy bors vas asof dit 'n kleinood is. Daniel, wat skeel bruin oë het, lyk so oud soos Henry. Pietman, die oudste, is 'n fris geboude jong boer in sy twintigs. Hy lyk sterk genoeg om 'n bul in die grond in te stoei. John het nog nooit tevore sulke bultende spiere gesien nie. Hulle is onmiskenbaar tawwe boere wat vriendelik is, maar John let op dat hulle Henry minagtend, of dalk bejammerend, aankyk; asof hulle dink hy's nie opgewasse vir wat voorlê nie. Hulle agterryer is 'n kort, dog fris mannetjie met die naam Klasie.

"Oom Piet sal ons korporaal wees," sê Hans. "Ons het besluit om onder hom te dien, want hy's die oudste met die meeste ondervinding van jag en oorlog en so aan. Ons Boere kan self besluit wie ons wil volg. Ons is nie soos die Britse leër nie. Onder ons kommandant het ons twee veldkornette en agt korporaals. Is julle tevrede met ons besluit?"

"Dis reg so," antwoord John.

Henry knik net.

Hulle kyk hoe eers die perde en toe die kanonne op waens gelaai word. "Daardie heel grotes word Long Toms genoem," vertel Hans. "Ek kan my indink watse groot skade dit kan aanrig. Ek hoop net die Engelse het nie sulke groot kanonne nie."

Piet Potgieter lag. "Ja, ons gaan tien soorte stront uit die Engelse skiet met daai goed."

John sê liewer niks. Hy twyfel nie dat die Britte net

sulke groot kanonne gaan hê nie, maar hy gaan nie nou al skrik nie. Hy is van plan om te bewys dat hy 'n dapper soldaat kan wees.

"Wat lyk jy so beteuterd?" vra Pietman minagtend vir Henry. "Wou jy liewer tuisgebly het?"

Henry se bleek wange kry 'n rooi kleur. Hy kyk kwaad na Pietman. "Ek sou nie gekom het as ek nie gedwing is nie. Alles gaan net in 'n gemors ontaard."

John sien dadelik dat dit die verkeerdste ding is wat sy kleinneef kon gesê het. Die ander mans, selfs die opgeskote Coenie Potgieter, gluur hom vyandig en minagtend aan.

"Miskien moet jy teruggaan na jou moedertjie se skoot," spot die seun.

"Met daardie houding gaan jy nie ver in die lewe kom nie, Neef," sê Piet Potgieter bars. "Ons soek nie lafaards by ons nie."

Henry se gesig is bloedrooi tot in sy nek. "Ek is nie 'n lafaard nie."

"Ons sal sien of jy murg in jou pype het."

John kan sien Henry voel erg beledig en verneder; sy oë blink behoorlik van trane. Wel, dis tyd dat hy wys daar's murg in sy pype. Hierdie mans sal hom 'n opvoeding gee wat hy nie by die huis gehad het nie.

"Kan jy ooit skiet?" smaal Daniel.

"Natuurlik kan ek skiet. Ek het ook op 'n plaas grootgeword."

"Dis nou genoeg," sê sy vader. "Wat Henry nie weet nie, sal hy gou genoeg leer."

Almal draai weg en kyk weer hoe die trein gelaai word. John loer na Henry se rooi gesig. Hy wil nie in Henry se skoene wees nie. Groot afkak lê voor vir hom.

Die perde, ammunisie en proviand is uiteindelik ge-
laai. 'n Massa mense maal op die stasieplatform rond
om afskeid te neem. Deftige dorpsvroue met sambrele
en boervroue met kappies, ou mans en kinders waai,
omhels, soen, huil of juig die burgers toe.

Net voordat hulle groep op die trein moet klim,
sien John hoe Jopie deur die skare beur en wuif.

"Ek kom die helde groet," roep hy, en waai met sy
hoed.

Hy skud almal se hande. "Gaan skiet voor Kers-
fees die duiwels uit die verdomde Ingelse, vrinne."

"Ek het darem gedink die president sal ons kom
afsien," spot John.

"Ag nee, hy en die Volksraad is in sessie, maar hy
het my in sy plek gestuur." Jopie lag, maar daar is trane
in sy oë. John kan hom indink hoe sleg sy vriend voel
om te moet agterbly en hy kry hom jammer.

Hulle klim op die trein en die mense begin die
Transvaalse volkslied sing.

Kent gij dat volk
vol heldenmoed
en toch zo lang geknecht?

Het heeft geofferd goed en bloed
voor vrijheid en voor recht …

John luister hoe sy makkers uit volle bors sing. Hy ken
nie die woorde nie, maar wat hy hoor, is nogal heel
roerend. Henry, dikmond en ongelukkig, sing ook nie
saam nie.

John dink aan Maura. Dié trein neem hom al verder
van haar af weg …

"Hans, ken jy die Kruger-broers, Roelf en Samuel?"
vra hy. "Ek wil hulle graag ontmoet."

"Ja, kom. Ek gaan stel jou voor."

Hulle vind die twee in die volgende wa. Die broers
het donker hare en oë en lyk na mekaar. Aantreklike
kêrels. Manlik. Samuel is John se ouderdom en het 'n
oop gesig en laggende oë. Redelik lank, skraal gebou.
Hy sou van hom kon hou. Selfs vriende wees.

As dit nie vir Maura was nie.

"Kêrels, laat ek julle voorstel aan Maura Cloete se

aangetroude kleinneef, John Cloete," sê Hans. "Dié twee is Roelf, daar links, en Samuel."

"Die man wat al die pad van die Kolonie gekom het om saam met ons teen die Engelse te veg," sê Roelf. "Lenie het ons als oor jou vertel. Dankie dat jy gekom het."

"Dis my voorreg," sê John met 'n glimlag.

"Roelf is ons korporaal," sê Samuel. "Wil jy by ons kom aansluit?"

John is verras deur die uitnodiging. Hy skud sy kop. "Jammer, ek kan nie. Ons korporaal is Piet Potgieter, Hans se oom, en Maura se broer Henry is ook by ons. Dankie, in elk geval."

"Ons sal oor en weer kuier," belowe Samuel met 'n glimlag. "Sterkte vir die stryd."

John en Hans gaan terug na hulle wa. John is amper spyt dat hy van Samuel hou.

Dit neem hulle drie dae van ongerief om Sandspruit te bereik. Die Boeremagte kamp in hul duisende, met waens, tente en laers. Piet Potgieter beduie na 'n groot tent waarbo die ZAR se Vierkleur in die wind flap. "Dit moet kommandant-generaal Piet Joubert se hoofkwartier wees; ek hoor tant Drienie het weer saamgekom," merk Hans op teenoor John.

Die groep onder korporaal Piet Potgieter maak kamp en kry 'n tent om op te slaan. Hy stuur Daniel en Pietman na die kosdepot langs die spoorlyn om vleis by die vleiskorporaal te kry, en sommer ook mielie-meel, koffie en suiker. Hulle maak 'n groot vuur, kook kos en gesels.

"Môre is die president se verjaardag," sê Piet Potgieter. "Daar sal 'n parade wees."

Om hulle knetter vure en die stemme van duisende mense zoem soos bye. Die perde is almal na weiding geneem. Ngafane pas Fleur en Henry se skimmel op.

Dit is opvallend dat Henry swaarkry. Die Potgieterseuns blyk irriterende grapjasse te wees wat poetse bak en almal terg, veral vir Henry wat met woede en afsku reageer. Dit maak dat hulle hom des te meer teiken. Dit raak naderhand só erg dat John verplig voel om hulle aan te spreek.

"Nee wat, nou gaan julle darem te erg aan. Los vir Henry uit."

Die tergery bedaar net effens, maar nie veel nie. Henry lyk nie eens dankbaar vir die verdediging nie.

Die kos is basies, dog vullend. John slaap liewer onder die sterrehemel langs die vuur. Henry slaap in die tent, langs Hans. In die oggend word John styf en half verkluim wakker. Die son is nog skaars op en ryp lê wit op die gras. Piet Potgieter en sy seuns kom stook die vuur en kook koffie. Hans maak oorskietvleis van die vorige aand se ete warm. John was gesig en hande in yswater en daarna help hy pap maak. Sy maag rammel behoorlik van die honger.

"Jou neef is 'n klein luie bliksem, nè?" merk Piet Potgieter op.

Hy kyk na die tent met 'n woedende gesigsuitdrukking wat niks goeds voorspel nie. "Vir wat slaap hy nog? Ek het van die begin af gesien hy's 'n swakkeling. Kom glo uit 'n ryk huis, bedorwe en opgepiep. Ek het my seuns van kleins af geleer om taai te wees.

Hulle was nog tjokkers toe kan hulle al rieme brei en met vee werk. Hulle slaap nooit laat nie. Ek sou hulle met die sambok bygekom het. Vir luiheid het ek geen genade nie." Hy kyk John op en af. "Jy's darem van ander stoffasie gemaak as jou neef."

"Ek het ook op 'n plaas grootgeword, oom Piet."

Die korporaal storm soos 'n bul na die tent, lig die flap en bulder: "Opstaan, kêrel! Wat lê jy nog in jou kooigoed? Magtag, ons gaan oorlog toe. Dis nie 'n piekniek nie. As jy wil eet, moet jy werk. Ons ander gaan jou wragtag nie bedien nie."

Dit neem Henry skaars twee minute om uit te kom, met deurmekaar hare en verkreukelde klere.

John grinnik vir hom. "Jou dae van gerief is haas verby, nefie. Hierdie is nog net die begin. Van nou af moet jy jou gat roer anders sal die korporaal jou met die sambok afransel."

Henry gluur hom hatig aan. Kry pap en vleis en koffie. Eet en drink eenkant met 'n suur gesig.

Gou gee die Potgieters vir Henry die bynaam Sussie. Hans verdedig hom halfhartig, maar John besluit Henry moet leer om self die mas op te kom. Hy kom agter Henry verdwyn kort-kort.

"Waarheen gaan jy elke nou en dan?" vra hy. "Wat makeer jou?"

"Ek het loopmaag van die slegte kos." Hy lyk regtig bleek en siek en John raak ietwat bekommerd.

Hans is simpatiek. "Henry het diarree. Dit gebeur glo as troepe dae lank op een plek bly en rof lewe en vuil water drink. Ek sal hom na die Beckett-ambulans neem vir medisyne."

Henry is nog siekerig toe hulle beveel word om

hulle perde te gaan haal vir 'n parade voor die kommandant-generaal en bly daarom agter in die tent. John is nuuskierig om Piet Joubert te sien; die man wat glo vir Kruger geopponeer het en elke verkiesing verloor het. Hy is eintlik geskok om te sien hoe oud hy is. Met grys hare en baard staan hy onder 'n wapperende Vierkleur. Hoe kan so 'n ou grysaard die Boeremagte lei?

Ná Talana en die eerste veldslae, voel John soos 'n ou kryger wat al jare lank veg. Die rooibaadjies van weleer dra nou die nuwe vaal kleur: kakie. Daarom word hulle Kakies genoem. Allerhande stories doen die rondte. Generaal Lukas Meyer wat onder andere die Pretoria Kommando tot dusver gelei het, het sy verantwoordelikhede op die jong Louis Botha afgeskuif; glo omdat die generaal 'n nuwe jong bruid gevat het, sê hulle.

Kommandant-generaal Piet Joubert se hooflaer het na Modderspruit geskuif en pos kan van daar af gestuur word. John besluit om vir Maura te skryf.

> Geagte Maura
> Ek is jammer om jou dit te vertel, maar Henry en Ngafane het huis toe gevlug. Hy het siek gepleit. Ons het dit nie maklik nie. Die weer is sleg en kos gaarmaak is 'n stryd. As Henry by die huis aankom, laat my asseblief weet.
>
> Die laers lyk soos 'n groot nachtmaal met waens, vroue en kinders, en vee wat om die laers wei. Baie manne wil

verlof neem en sommige het. Hulle kla
oor hulle boerderye, wil skape skeer en
oeste inbring. Gelukkig het ek nie sulke
bekommernisse nie.

Ons kry kos by plase, en ons mag nie
steel nie. Ons hoor by die seshonderd
burgers het reeds gesneuwel. Louis Bo-
tha is nou veggeneraal. Hy en generaal
Christiaan de Wet van die Vrystaat wil
die Engelse terugdryf na Durban se hawe
om weer op hulle skepe te klim.

Ek hoop dit gaan goed met jou en die
verpleging. Ek sal graag wil weet hoe dit
gaan. Dra my groete oor aan jou moeder
en vader.

Jou stiefkleinneef,

John

Hy het hard gedink hoe om die brief af te eindig. Hy
moenie laat blyk dat hy na haar verlang of nie kan
ophou om aan haar te dink nie.

Skryf sy dalk aan Samuel?

Hy ry om die brief te gaan pos. Hoop dat sy spoe-
dig sal terugskryf.

Die korporaal staan op en gooi die laaste druppels van
sy koffie op die grond uit. "Hans, Pietman en Gert – dis
júlle beurt vir brandwagstaan."

John neem sy slaapgoed na 'n plat stukkie grond
langs 'n boom. Lê met 'n sug en staar na die hemel.
Die sterre is helder soos stukkies ys of diamante.
Hy dink aan die aand toe hy en Maura op die stoep

gestaan het en sy hom vertel het dat hulle nie bloed-
verwante is nie.

Was dit 'n boodskap, of verbeel hy hom? Moe-
dig sy hom én ander mans aan; net vir die lekker, en
sonder om haarself te gee?

Nou kan hy haar nie beter leer ken of die waarheid
omtrent haar uitvind nie. Maar een ding is seker, hy
laat nie weer met hom speel nie.

Hy luister graag na die naggeluide. Stemme wat
saggies murmel en vervaag. Diere snork, krieke tjirp
skril, nagvoëls roep. Die sekelmaan sny in die swart
hemel in. Ná die hitte van die dag is die nag heer-
lik koel. Hy dink aan Maura se pragtige grys oë wat
ondersoekend na hom kan kyk asof sy iets probeer
peil. Daar is moed en krag in haar, en ander vroue
steek sleg teen haar af. Sy lyk na iemand om te re-
spekteer.

Sy kan dit seker ook nie verhelp dat sy lus in 'n
man aanwakker nie. Of dat sy met soveel skoonheid
bedeeld is nie. Miskien is sy nie verraderlik soos Mar-
garetha nie.

❧ NEGE ❧

"Ons is nou al 'n maand lank besig met oorlog maak," sê John vir Hans. Hulle ry langs mekaar na die spoorwegstasie by Chieveley, twintig myl suid van Estcourt. "Ons weet nou hoeveel duisende troepe daar is. Miskien het ons die Britse mag onderskat."

Hans bibber in sy jas en ry krom gebuk. "Liewe Here, laat dit asseblief net ophou reën. Ek kry verdomp koud."

John probeer troos. "Jy sal weer warm kry wanneer ons die Kakietrein aanval."

Hulle wag agter 'n hoogte naby die brug oor die Blaauwkrantzrivier; kniehalter hul perde en kruip vorentoe om te loer. Die modder is koud en die klippe skerp.

"Eina, die blerrie klippe sny 'n mens behoorlik stukkend," kla Daniel.

"Stil," raas sy vader. "Ek hoor die trein aankom."

Spanning trek John se spiere saam. Die trein bereik die brug en stoom oor. Dit fluit skril deur die koue lug. Daar is trokke aan weerskante van die lokomotief en alles is bedek met staalplate. Deur gate steek die lope van gewere uit. Agter daardie plate is baie Kakies, en hulle wil nie gevang word nie. John staal homself.

"Ry en gaan sit groot klippe op die spore sodat die trein ontspoor," skree Piet Potgieter.

John en sy makkers hardloop, spring op hul perde, galop verby die trein en soek al hygende na groot klippe om op die spoor te pak. John se klere kleef aan hom soos hy sweet en sy hart klop onstuimig. Haastig pak hulle die klippe en hardloop dan terug na hul perde 'n ent weg voordat die trein kom.

Die Staatsartillerie se kanon dreun en 'n bom bars teen die staalplaat van 'n wa. John bedek sy ore met sy hande. Toe hy weer kyk, is die trein ontspoor en val dit om. Kakies peul uit soos miere uit 'n omgeskopte miershoop. Roekeloos van opgewondenheid galop hy nader en skiet sommer so uit die saal na hulle.

Opeens skiet 'n pyn witwarm deur sy kop, en hy val.

Hy word wakker. Bokant John is die seil van 'n tent. Sy kop pyn geweldig en daar is 'n verband om. Een van sy arms is ook verbind. Sy hele lyf pyn. Hy draai sy kop en sien ander gewondes. Ruik sweet, karbolsuur en ontsmettingsmiddel.

"Jy's wakker." Langs hom verskyn 'n fris meisie in 'n grys uniform met 'n bloedbesmeerde wit voorskoot. "Ons het gedink jy's bokveld toe. Dokter, kom kyk!"

'n Man wat sy hande aan 'n vuil voorskoot afvee, kom nader. "Boetman, jy's gelukkig dat die koeël jou skrams getref het, en nie dwarsdeur jou kop gegaan het nie. Toe val jy baie hard en beseer jou arm, en jy het konkussie. Jy moet rus sodat die swelsel sak. Het jy pyn?"

"Ja … Dokter. My perd …"

"Jy het geyl en geroep na Fleur, en na iemand anders," sê die verpleegster. "Toemaar, jou makkers sal vir hom sorg. Hulle het jou hierheen gebring."

"Jy lê al drie dae lank hier," sê die dokter. "Ons stuur jou nou Pretoria toe met die ambulanstrein."

"Stuur my asseblief na die Bourke Hospitaal. My niggie is 'n verpleegster daar."

Die dokter glimlag. "Ons sal sien. Maar miskien stuur hulle jou na die Volkshospitaal. Ek gee jou nog morfien, dan slaap jy."

John word wakker van die geraas van treinwiele wat skree soos iets in pyn en koppelings wat oorverdowend klingel. 'n Verpleegster en ordonnanse draf verby in die gang en hy veronderstel hulle is by Pretoria-stasie.

Mans kom in met draagbare en begin die gewondes verwyder. Toe hulle by hom kom, sê hy oor en oor: "Bourke Hospitaal, asseblief."

Dit is pynlik om so geskud te word en hy verloor weer sy bewussyn.

"Waar's my perd?"

John besef dis hyself wat praat en probeer regop sit. 'n Hand druk hom terug op die kussing.

"Lê stil," sê 'n sagte stem.

'n Bekende stem.

Sy oë fokus en hy sien die mooiste gesig. In sy benewelde brein kom die besef: Dit is Maura wat hier by hom staan, in 'n grys uniform, met 'n wit voorskoot aan en 'n mussie op haar kop. Haar groot grysblou oë kyk hom stip, simpatiek aan.

"Is dit regtig jy?" fluister hy.

Sy vat sy hand en dit is heerlik. "Ja, dis ek. Maura. Jy's in ons hospitaal. Jy het glo heeltyd geroep dat jy hierheen wil kom. Ek is so bly jy is hier. Nou kan ek en Lenie jou help verpleeg."

Hy sug en glimlag. "My gebede is verhoor."

"Ek gaan vir jou sop bring. Jy moet jou kragte weer opbou. Lê doodstil. Die dokter gaan ook na jou kom kyk. Hy het gesê ons moet jou soveel moontlik laat slaap."

Sy loop weg en hy kyk rond. Hy is in 'n klein saaltjie en om hom lê gewonde, meesal bebaarde mans. Dis burgers hierdie, besef hy. Nie Kakies nie. Tant Huibrecht het mos gesê dié hospitaal sal albei kante se beseerdes verpleeg. Hy maak weer sy oë toe. Ná alles wat hy tot dusver gely en deurgemaak het, is hy sowaar veilig.

Hy maak weer sy oë oop. Maura staan langs sy bed.

"Hier's jou sop," sê sy met 'n glimlag. "Jou arme maag is seker al uitgehol."

Sy help hom regop sit, met nog 'n kussing agter sy rug. Toe sit sy langs hom en begin hom met 'n lepel voer. Vee met 'n skoon lap die sop af wat by sy ken afdrup. Hy voel soos 'n hulpelose kind en maak gehoorsaam sy mond oop wanneer sy die lepel naderbring. Sy doop brood in die sop en laat hom hap en kou.

Hy kyk in haar pragtige oë en die besef tref hom soos 'n weerligstraal: Hy het op dié meisie verlief geraak. Ná dese kan hy dit nie meer ontken nie.

"Bly by my," fluister hy.

Sy glimlag skamper. "Nee, ek kan nie, maar ek sal

later weer kom kyk hoe dit met jou gaan. Nou moet die dokter eers na jou kom kyk en jy moet gewas word."

"Gaan jý my was?" Sy lyf reageer onmiddellik. Haar hande oral op hom ...

Haar wange vlam dadelik. "Nee, iemand anders sal dit doen. Ek sien jou later weer."

Hy gryp haar hand en soen dit. Sy trek nie weg nie en hy hou dit vas. Naby hulle hoor hy iemand lag.

"Dis darem 'n mooi nooientjie, ou Neef, maar sy's ons almal s'n," spot 'n growwe stem.

John kyk op na die dokter. "Ek weet net ek was aan die galop en skiet, toe ek die skoot voel en val. Wat het alles daarna gebeur?"

"Daardie trein in Natal het baie Kakies op gehad. Baie is gewond en dood en die gewondes en gevangenes is hierheen gebring. Een van hulle is 'n lord se seun. Die offisiere word in die Staatsmodelskool aangehou. Daar kom nou baie gewondes en gevangenes na Pretoria. Ons word oorstroom en die oorlog is nog jonk. Elke dag is daar lyste van die gesneuweldes in *De Volkstem*. Jy was gelukkig om te oorleef."

"Ek moet gesond word en teruggaan, Dokter."

"Ja, ek is bevrees jy sal moet. Verskoon my, ek kom weer later na jou kyk."

Tot sy teleurstelling kom twee ouer verpleegsters hom skoonmaak. Hulle is vriendelik, dog saaklik. Eers teen laatmiddag maak Maura weer haar verskyning. Hy hoor hoe die mans in die saal na haar roep en haar groet, maar sy kom glimlaggend reguit na hom toe.

"Lenie is vandag met verlof, maar sy kom weer môre, dan sal jy haar sien. Ek gaan nou huis toe.

Môre kom ek weer in die middag. Ons het skofte." Sy word ernstig en kyk af na haar hande. "Ek moet jou van Henry vertel."

"Is Henry weer tuis? Ek vermoed hy's lankal terug by julle."

"Ja, hy en Ngafane het hier aangekom op 'n hospitaaltrein."

"Wat? Is hy beseer?"

Sy bloos van skaamte. "Hy was siek, met 'n vreeslike verkoue in sy longe. Hy was nooit sterk nie. Toe bly hy 'n week lank in die bed."

"Hy het sommer huis toe gegaan, sonder verlof. Wel, hy het seker nou 'n mediese sertifikaat gekry. Ons korporaal was woedend toe hy wegraak. Dis 'n misdaad om sommer sonder verlof huis toe te gaan."

Hy wil haar nie treiter nie, maar hy word die duiwel in as hy aan die papbroekige, bedorwe Henry dink.

"Hy het eendag saam met my dorp toe gekom." Sy bedek haar gesig met haar hande. "O, ek het só skaam gekry." Sy vat haar hande weg en haar oë is troebel. "'n Vrou wat ons goed ken, het gevra wat hy by die huis soek as hy gesond lyk. Al die ander mans sterf en ly vir ons republiek. Sy het na hom gespoeg. Dit was verskriklik vernederend."

Hy vat haar hand en druk dit. "Wat het hy toe gedoen?"

"Huis toe gevlug. Hy's te bang om weer sy gesig in die dorp te wys."

"Ek sou so dink. Wel, ek sal hom saamneem wanneer ek terugkeer na die kommando. Hy kan nie soos 'n erdvark in sy gat wegkruip nie. Dis vir julle ook 'n verleentheid."

Sy hou sy hand met albei haar hande vas. "Ja, dit is. Mense skinder van ons. Ou vriende vermy ons. Dis net Lenie-hulle wat verstaan en simpatiek is omdat ek my deel vir die oorlog doen."

Sy kyk na John met trane in haar oë. "Dankie tog ons kan trots wees op jóú."

Hy soen weer haar hand, trek haar nader en soen haar op haar mond. Sy trek weg. "Gedra jou, soldaat. Die mense sal van ons skinder en ek sal my werk verloor."

Hy kyk haar slanke figuur verlangend agterna toe sy haastig wegstap.

Maura se hele lyf tintel. Om John daar te hê sodat sy enige tyd kan inloer en hom help, gee haar die wonderlikste gevoel. Sy dink sy is uiteindelik verlief. Dolverlief. Sy was heeltyd bekommerd dat hy iets sal oorkom. Nou het hy, maar dit het hom nogtans na haar sorg gestuur. Hy het so dankbaar gelyk toe hy haar herken.

So, dis hoe dit voel as iemand jou hart gesteel het. Jy sweef. Jy kan die persoon nie uit jou gedagtes verban nie. Jy soek die geringste geleentheid om aan hom te vat. As hy jou soen, tol die wêreld …

Sy moes dit seker nie voor al die grinnikende Boeregesigte toegelaat het nie.

Sy moet haarself eintlik keer om kort-kort na hom te gaan. Haar hart het oorgeloop van deernis toe hy daar gewond en bewusteloos gelê het. En hy het oor sy perd geyl. Sy hele houding jeens haar het verander. Weg is die kritiese kyke.

Daar is iets anders, iets hartroerend, in sy mooi blou oë. En sy kan hom bewonder omdat hy dapper is. Die teenoorgestelde van haar papbroekige stief-broer vir wie sy haar nou pynlik skaam. John is man-moedig. Hy het al die pad alleen na die noorde gekom en veg só hard dat hy gewond word. Dis 'n man wat sy kan bewonder en respekteer.

"Hei, amper het jy lepel in die dak gesteek."

John draai om en glimlag. Jopie Taljaard, sy hor-relvoetvriend, kom staan langs die bed.

"Dit was so hittete, maar onkruid vergaan mos nie. Dankie dat jy vir my kom kuier."

Jopie grinnik. "Ek het vir die ouens in die hospi-taal van ons perskes gebring, maar die meeste is vir jou. Ek het Maura in die straat raakgeloop en sy het my vertel jy's hier. Gelukkig is jy net gekwes, en nie gedood nie."

John is geroer om te sien dat trane in sy vriend se oë blink. "Een van die dae is ek weer op die been, dan gaan ek terug. Hopelik het Hans niks oorgekom nie."

"Nee, hy skryf net van snotsiekte, maar hy's blyk-baar nog heel. Ek hoor Henry Cloete het teruggesluip huis toe. Almal skinder daaroor."

John wikkel homself om gemakliker te lê. "As ek hier uitkom, neem ek die klein vloek saam met my terug. Ek dink nie hy het ooit 'n enkele skoot geskiet nie, soos hy lyf weggesteek het."

"Skande. Roelf en Samuel Kruger is terug, maar hulle het die gevangenes van Chieveley af opgepas toe hulle hierheen gebring is."

John is dadelik ongerus. Samuel is tuis? Sien hy en Maura mekaar weer? Moet hy nou wragtag weer in 'n driehoek beland met 'n ander man en die meisie waarin hy belangstel? Hy wil nie weer sy hart gebreek hê nie.

Jopie gesels lekker oor alles en nog wat en John moet hom vertel hoe dit was om te veg. Hy geniet die geselskap, maar is bly toe Jopie uiteindelik gaan. Dit was moeilik om sy ongedurigheid weg te steek.

Jopie is pas weg, toe Lenie ingestap kom. Sy groet die burgers hier en daar, maar kom na sy bed. Sy dra dieselfde uniform as Maura, en sy glimlag breed, maar sy is nie so mooi soos haar vriendin nie. "Hier is jy, John. Ek is baie bly hulle het jou hierheen gebring en nie na die Volkshospitaal geneem nie. Hoe voel jy?"

Hy glimlag. "Ek voel elke dag 'n bietjie beter, dankie. Ek hoor jou broers is hier, met verlof?"

"Ja, dis so lekker om hulle te sien. Ons almal moet maar hard werk. Moeder is lid van 'n vrouekomitee wat allerhande dinge organiseer. Hulle almal bak brood, maak toebroodjies en koffie. Sy en mevrou Reitz, die vrou van die Transvaalse Staatsekretaris, voer die burgers wat per trein deur Pretoria reis. Hulle neem ook brood, vrugte en blomme na die hospitale. Theunsie word ook in die werk gesteek. Hy wil net saam met Samuel-hulle teruggaan, maar Samuel terg hom en sê hy kan wagstaan by die Staatsmodel-skool en keer dat die Kakies ontsnap."

John lag. "Vol heldemoed. Oulike klong."

Die manier waarop Lenie na hom kyk, so verlief-derig, maar hom regtig ongemaklik. Hy hou van haar, maar sy maak niks in hom wakker nie. Hy weet hoe passie voel, en sy laat hom koud.

"Is dit harde werk om te verpleeg?" vra hy, net om iets te sê.

"O ja. Dis erger as wat ek verwag het, maar ek voel darem ek doen iets vir my medemens. Daar is vuilheid en bloed om skoon te maak. 'n Mens skrik soms vir die wonde, maar daaraan moet 'n mens eenvoudig gewoond raak. Ons is ure lank op ons voete; heeltyd besig om mense en dinge skoon te kry, al het ons nie so baie pasiënte soos die Volkshospitaal nie. Julle en die Engelse is in afsonderlike sale. Baie van daardie Engelse het maagsiektes en oor- en ooginfeksies. Hulle is vuil en het luise wanneer hulle inkom. Julle is ook maar vuil." Sy lag.

Toe raak sy ernstig. "Ons bekommer ons baie oor julle. Moeder brei sokkies, want sy sê haar mans se voete gaan koud kry. Sy sê ons lewe in donker dae. Ons ly te veel verliese. Kos gaan skaars word, want die boere veg en kan nie boer nie."

Sy sug. "John, jy moet versigtig wees, hoor. Ons wil nie hê jy moet doodgaan nie." Sy vee 'n ooghoek met 'n vinger af.

"Moenie jou oor my bekommer nie. Ek's nie van plan om te sneuwel nie."

"Bly veilig en kom terug na … Na ons toe."

Sy snuif en vlug. Hy blaas sy asem stadig uit. Hy sal moet fyntrap om nie vir dié goeie meisie aanleiding of aanstoot te gee nie.

❧ TIEN ❧

Maura stoot die hek oop en sien Samuel op die stoep staan. Sy onderdruk 'n sug en glimlag vir hom. "Rus jy lekker?"

Hy het seker net vir haar gewag.

Hy staan na haar en kyk, met daardie rooi wange en houding van afwagting wat sy ken. Ai tog, hy lyk verlief. Hoe gaan sy die saak hanteer?

"Ek het net 'n paar dae se rus, dan gaan ek en Roelf terug. Ek … e … sal jou mis. Sal jy my ook mis?"

"Almal sal jou mis," systap sy die vraag.

"John Cloete is in die hospitaal. Ek moet seker vir hom gaan kuier." Hy kyk skuins na haar asof hy iets vermoed en jaloers is.

"Hy word môre of oormôre ontslaan, dan gaan hy Doornbosch toe."

Tant Huibrecht sit in die voorkamer en sokkies brei. "Kom drink tee, my kind. Jy's seker pootuit."

Maura sak op 'n stoel neer. "Ja, Tante. Ons hol op en af soos rysmiere. Die pasiënte is darem dankbaar. Selfs die vyand is vriendelik."

"Jy moet net nie te veel van hulle hou nie," terg Samuel, maar daar is 'n angel in sy stem.

Gebelg kyk sy na hom. "Natuurlik nie."

Sy het pas vir haar tee geskink, toe daar 'n harde klop aan die voordeur is.

"Theunsie, my voordeurwag, is saam met Roelf winkel toe," sê tant Huibrecht. "Samuel, gaan kyk asseblief wie dit is?"

Hy staan op en kom terug met Jopie Taljaard. Maura is bly om hom te sien. Hy groet almal plegtig. "Tee?" bied sy aan.

"Tee sal lekker wees, dankie." Hy hou sy hoed in sy hande en bloos bloedrooi tot by sy haarwortels.

"Kom sit, jong man," nooi tant Huibrecht, en kyk vraend na hom.

Hy sit versigtig op een van die gestoffeerde stoele. "Ek hoop ek is nie ongeleë nie. Ek wou net gesig wys en julle vertel wat ek nou doen. Ek werk nou by die Informasie Buro van die Transvaalse Rooikruis. 'n Aantal staatsamptenare en onderwysers is vrywilligers. Ons kantore is in die nuwe Gimnasium. Ons samel inligting in oor die dooies en gewondes. Dan stuur ons die lyste na die koerante. Die Staatsekretaris gee opdrag aan kommandante en veldkornette om die burgers te registreer. Van nou af moet elke burger 'n inligtingskaart dra. Ongelukkig is sommiges steeks. Ons Rooikruismense dra nie wapens nie en gaan net met rooi kruise aan hulle arms om inligting te kry en dis gevaarlike werk. Hulle gaan met 'n vlag en soek dooies en gewondes. Ek wou gaan, maar hulle wil my nie stuur nie, want hulle sê ek kan nie vinnig hardloop nie."

"Jy doen noodsaaklike werk," sê tant Huibrecht. "Ons wil mos weet wat word van ons mansmense."

Hy glimlag skamper. "Die moeilikheid is net dat baie van die burgers dit as doodsbriefies beskou; daarom wil hulle nie die kaarte dra nie. En natuurlik loop baie burgers van die kommando's af weg. Ons ruil inligting met die Britte oor dooies en gewondes. Dus, as julle iets wil weet, kan julle net vir my vra. Ek weet hoe erg julle jul bekommer."

"Baie dankie dat jy ons kom vertel, Jopie," sê Maura.

Sy gee vir hom tee aan, en hy sluk dit vinnig. "Ek moet ongeskik wees en loop voor my koppie koud is, maar ek moet gaan werk." Hy kyk na Maura. "Ek sal John plaas toe vat sodra hy ontslaan word."

"Dis gaaf van jou. Dankie."

Sy gaan John erg mis wanneer hy weg is; haar hart word sommer seer.

"Die Zarps gaan van nou af mense soek wat weggeloop het."

Maura krimp van skaamte. Jopie weet natuurlik van Henry se terugsluipery. En hier sit Samel, wat tot nou geveg het, en hý weet ook dat haar broer 'n lafaard is. Sy hou haar oë neergeslaan. Haar wange is warm en sy kan nie na die ander kyk nie.

"Dankie vir die tee, en onthou dat julle my enige tyd vir inligting kan vra," hoor sy.

Samuel loop saam met hom uit.

❧ ELF ❧

Teen die tyd dat John, Henry en Ngafane weer in Desember by die kommando aansluit, is die burgers agter skanse aan die noordekant van die Tugelarivier ingegrawe. Hulle is nou naby die dorp Colenso.

"Daar's goeie nuus," sê Hans. "Kommandante Olivier en Swanepoel het by Stormberg oorwin en generaals Cronjé en De la Rey het boonop 'n oorwinning by Magersfontein behaal. Nou kyk ons daai generaal Buller in die gesig. Die korporaal sê omtrent twintigduisend Kakies wil oor die Tugelarivier kom."

Daardie nag slaap John sleg. Hy het Maura nie weer gesien nadat hy uit die hospitaal ontslaan is nie. Samuel is egter ook terug by die Pretoria Kommando en hulle is vriendelik met mekaar, al dink hulle albei natuurlik aan Maura en dié besef is ontstemmend. Henry is heeltyd dikbek; sy moeder het omtrent gegrens toe hy weer front toe moes gaan. John is terug by die front sonder dat sy beserings volkome herstel het. Gelukkig vir hom as regshandige is dit sy linkerarm wat beseer is. Hy kry nog hoofpyne, maar dit moet hy verduur. Dit word darem al hoe minder.

Hy besef dat hy wel aan die slaap moes geraak het toe hy iemand hoor sê: "Die Kakies se kamp by Frere is weg. Hulle is op pad hierheen."

Teen die tyd dat hulle in die loopgrawe langs die rivier is, het die oggendson die mis weggebrand. Oorkant die rivier word enorme Britse kanonne deur osse, muile en perde nadergetrek. Daar is troepe op perde en agter hulle kom duisende infanterie aangemarsjeer.

Dit is 'n vreesaanjaende gesig. Dit gaan 'n dag van slagting word.

John is verlig dat die geweldige slag van Colenso verby is. Vir skuil in loopgrawe en skiet na die vyand is hy nou siek en sat. Ook vir party mense. Hy soek nie Henry se geselskap nie en hy wil ook nie heeltyd in Samuel Kruger vaskyk nie. Hy ry op Fleur verby die laers tussen doringbome waar perde, muile en beeste wei; ruik die rook, die mis van die diere. In die boomskadu's is mense by waens en tente. Baie burgers is huis toe vir Kersfees aangesien Buller en sy duisende troepe tydelik gekeer is om oor die Tugela te kom.

John nader 'n man met sy mauser oor sy skouer naby waar hy veronderstel generaal Louis Botha se tent moet wees. "Ekskuus tog, waar kan ek generaal Botha kry?"

"Gaan soontoe," beduie die man. "Jonkheer Sandberg is daar. Hy's die generaal se sekretaris. Vra hom."

John kniehalter sy perd en loop na die tent. Die generaal kom op sy skimmelperd aangery. John wag vir hom. Die generaal klim af en gee die perd oor aan 'n man. Dit is die eerste keer dat John hom van naderby sien. Hy is korter as John, met 'n soel vel en blou oë, 'n netjiese bokbaard en snor, en hy dra 'n bruin uniform en stewels.

John wil nie geïntimideer voorkom nie en skraap sy moed bymekaar. "Goeiedag, Generaal."

Louis Botha kyk hom ondersoekend aan. "Dagsê, Neef. Wat kan ek vir jou doen?"

'n Kort mannetjie haas hom van die tent af. "Generaal, ons het 'n rapport –"

"Net 'n oomblik, asseblief, jonkheer Sandberg, hierdie kêrel het iets op die hart. Wie is jy, Neef?"

"My naam is John Cloete, Generaal, en ek is in die Pretoria Kommando. Ek kom 'n guns vra."

Louis Botha kyk hom glimlaggend op en af. "Nou ja, kom na die tent. Die son bak ons gaar."

John is verstom dat dié belangrike man so vriendelik en tegemoetkomend is. Hy volg hom na die tent waar stoele om 'n tafel staan. Op die tafel lê dokumente en 'n kaart. Daar is 'n kampbed, 'n paar bokse en 'n klomp goed wat rondlê. Dit is baie beskeie en glad nie soos hy die tent van 'n generaal voorgestel het nie.

Louis Botha gaan sit met 'n sug op een van die stoele. "Wat het jy op die hart?"

"Generaal, ek het gehoor daar's verkenners wat vir u werk. Ek kan goed skiet, ek kan Engels goed praat, en ek wil graag 'n verkenner wees."

Louis Botha grinnik. "Met die deur in die huis geval. Kan jy lank sonder slaap gaan en lank in die saal bly?"

"O ja, Generaal."

Louis Botha bekyk hom totdat hy ongemaklik raak. Toe knik hy. "Nou goed dan. As jy só graag 'n verkenner wil wees, sal ek jou aanbeveel by kaptein Edwards. Dis uitdagende werk, hoor. Maar jy lyk taai en gretig genoeg om dit te doen."

John kan bokspring van blydskap. Hy kan nie glo dit gebeur so maklik nie. "Baie dankie, Generaal. Dit sal vir my 'n groot eer wees."

"Jonkheer Sandberg sal die brief skryf en ek sal teken. Jy rapporteer aan my, kaptein Edwards en kommandant-generaal Joubert. Wag solank buite vir die brief. Ek wens jou alle sterkte toe."

John salueer, en Louis Botha knik met 'n glimlag.

Een van die gewondes wat deur die ambulans inge-bring word, is 'n man in sy vroeë dertigerjare wat by Colenso in albei bene en 'n arm gewond is. Maura staan die dokter by. Sy kan dit nie verhelp om verstom na die gewonde Kakie te kyk nie. Hy het blonde hare soos John en blougroen oë. Sy gesig is bruingebrand en sy oë is só skerp dat dit lyk asof hulle dwarsdeur haar kyk. Sy ken is gekeep en hy het 'n groot blonde snor. Hy is 'n groot, gespierde man en sy gewig maak hom nie maklik om mee te werk nie.

Sy naam, wat haar en Lenie laat giggel, is kaptein Reginald Eustace Francis de Vere. Die dokter vertel haar dat hy eintlik Captain the Honourable Reginald Eustace Francis de Vere is, want sy vader is 'n lord en generaal-majoor.

"Hy was in die 21st Lancers en hy het by Omdoer-man in die Soedan geveg," vertel die dokter. "Toe hy hierheen kom, het hy Vere's Scouts gevorm. Hy is ui-ters gefrustreerd om nou beseer te wees."

Maura en Lenie moet hom skoon kry. "Hy's die mooiste man wat ek nog ooit gesien het," sê Lenie. "Maar ons moet onthou – hy's van die vyand."

Die kaptein is doodstil terwyl hulle met hom werk.

Net sy oë beweeg van die een na die ander. Maura was 'n groot hand met 'n ring en 'n familiewapen aan een vinger.

"Ek is jammer dat ek so vuil is," sê hy skielik.

Sy en Lenie kyk verbaas na hom. Hy praat gekultiveerde Engels.

"Ek het op 'n plaas grootgeword, daarom is ek gewoond aan reuke," spot Maura.

"I appreciate the excellent treatment, but I cannot wait to get back to the front."

"To kill more Boers?"

"Such is war, my dear. Ek is nutteloos terwyl ek hier lê. Daar is van my manne gevang en hulle is nou ook hier in Pretoria."

"Die Boere het glo Engelse kanonne by Colenso gebuit," sê sy sedig.

Sy blonde wenkbroue trek saam in 'n frons. "It's a disgrace to lose the guns. We shall have to make up for that."

Sy is nie veronderstel om praatjies te maak met Engelse offisiere nie. Daarom byt sy net op haar lip en werk verder. Binne-in haar kook dit egter van woede.

Hy praat nie weer nie, maar sy skerp oë hou haar soos dié van 'n valk dop.

Toe sy loop met die kom vuil water, sê hy skielik: "Julle het die Britse leeu gewond, maar 'n gewonde leeu is dubbeld gevaarlik."

Sy loop kop in die lug weg, maar hy het haar in werklikheid bang gemaak.

Daarna is hy baie hoflik elke keer as sy met hom werk. Hy fassineer haar soos 'n mooi roofdier. Jy wil daarna kyk, maar jy weet dit het kloue en tande en

sal nie huiwer om jou te verskeur as dit die kans kry
nie. Die ander Kakies behandel hom met ontsag. Hy
flankeer nooit met enigeen soos die ander pasiënte te
dikwels probeer nie. Hy maak ook nie grappies soos
die ander nie. Bly altyd korrek, en lyk waaksaam.

"Hy's só 'n mooi man, 'n mens vergeet amper om
hom te haat," sê Lenie op 'n slag.

"Wees baie versigtig vir hom," waarsku Maura.
"Hy's gevaarliker as al die ander saam."

Maura bied aan om op Kersdag te werk sodat Lenie
en van die ander verpleegsters huis toe kan gaan. Sy
gaan slegs die dag voor Kersfees huis toe. Haar vader
is kortgebaker en haar moeder huilerig.

"Henry moes Kersfees hier gewees het," snik sy.
"Ons het 'n brief gekry. Hulle kry so swaar. O, my arme
kind."

Ete saam met hulle is vir Maura 'n beproewing.
Hulle praat van families wat mans verloor het.

"Ons het gedink die oorlog sal teen Kersfees verby
wees," kla Eileen.

Maura let op dat verlange en vrees geensins haar
ma se aptyt vir ryk kos laat verminder nie. "Die oor-
log is ver van verby af. Daar is 'n kaptein De Vere in
die hospitaal wat sê dat ons die leeu gewond het, en
nou is dit veel gevaarliker as voorheen."

"Ek het voor die oorlog gesê ons kan nie teen die
magtige Britse Ryk wen nie," raas haar vader. "Ons
het 'n paar oorwinnings behaal, maar nou gaan die
aanslag toeneem. Die een of ander tyd sal die Engelse
oor die Tugelarivier kom, dan sal ons 'n lelike ding
sien."

❧ TWAALF ❧

John versorg eers sy perd voordat hy gaan na waar hy sy seiltjie gespan het om 'n afdakkie te vorm. Hy steek 'n kers op en maak hom gemaklik. Hy het 'n brief van Maura gekry en wil elke woord geniet.

Geagte John
Dit was so lekker om 'n brief van jou te ontvang. Dit klink asof jy nou iets baie spesiaals doen. Verkenning klink so opwindend en jy is mos dapper. Nou hou jy ook nie meer 'n oog op Henry nie. Ek weet dit moes vir jou 'n las gewees het.

Hier gaan dit meesal goed. Die verpleging is harde werk, maar tog bevredigend. Ons pasiënte wat Boere is, is almal haastig om terug te gaan front toe. Die Britse soldate is 'n vreemde spul. Hulle wil goed soos sjampanje en lekkernye uit die dorp bestel, maar die tekorte begin almal pla. Van hulle is Iere en hulle noem my die Ierse verpleegster. Almal is maar net mense van vlees en bloed en almal is dankbaar. Hulle vertel mens glad van hul vroue en kinders en geliefdes. Ons mag

nie regtig met hulle gesels nie, maar ter-
wyl mens met hulle werk, praat hulle.
Almal dink God is aan hulle kant.

Hier is ons verheug oor die oorwin-
nings by Stormberg, Magersfontein en
Colenso. Die Britte praat glo van Black
Week. Vader is egter sinies en glo ons sal
nie uiteindelik wen nie. Hy sê ons kan nie
meer wapens invoer nie, daarom moet
alles wat stukkend raak by Koedoespoort
heelgemaak word. Ons gee ons huislinne
vir verbande en ammunisie moet by die
dinamietfabrieke van Johannesburg ge-
maak word.

Jopie Taljaard en Lenie stuur groete.
Lenie dink jy is wonderlik, en ek stem
saam. Maar jy moet asseblief nie groot-
kop kry nie.

Probeer asseblief om nie weer raak-
geskiet te word nie en skryf vir my as jy
kan.
Maura

Hy lees die brief oor en oor. Sy dink hy is dapper en
wonderlik? Mis sy hom? Hy hoop so.

Hy kan nie van haar vergeet nie. Sy is saam met
hom, waar hy ook al gaan. Sy moet net nie te veel van
enige van haar pasiënte hou nie.

Dan is Samuel ook nog daar …

Januarie 1900 breek dreigend aan.

Die verkenners het generaal Botha gewaarsku dat

die Britse troepe uit die weste aanval. Hy is by Spioen-kop waar die Boeremagte op die oostelike hange en op die heuwels wag vir die aankomende vyand.

John en drie ander verkenners, Henri Slechtkamp, Jack Hindon en Albert de Roos, is te perd onderweg toe Albert waarsku: "Verbrands, hier kom 'n Kakiepa-trollie!"

John en sy makkers skiet en verskeie Kakies val van hulle perde af. Die ander vlug.

"Ons moet die generaal gaan waarsku dat die Ka-kies hier oor die rivier kom," skree John.

Hulle kom die Middelburg Kommando teë, maar die bomme reën neer op hulle. Die burgers vlug.

Iemand skree: "Die verdomde Kakies het ons ver-ras! Hulle skree 'Majuba' en 'Waterloo'. Moenie boon-toe gaan nie, julle sal doodgeskiet word."

"Ons moet júís boontoe en op hulle vuur sodat ons mense kan wegkom," stel John voor.

Gebukkend klim hulle en spring agterlangs van klip tot klip terwyl hulle verwoed vuur sodat die Ka-kies moet dink die hele kommando is nog daar. John se hart dreun in sy bors, maar hy beur voort. Sy longe brand van inspanning. Dit word al warmer en die lid-dietbomme bars en laat hulle hoes.

Naderhand daal 'n vreemde stilte oor die slagveld neer.

Jack Hindon staan op en waai 'n Vierkleur wat hy aan sy geweer vasgemaak het. Die vier verkenners waai met hulle gewere en hoede. Van ver af hoor John die burgers juig, en hulle kom weer boontoe ge-klim.

Het die Kakies gevlug? Hulle kom bo en sowaar –

daar is niemand nie. John se oë brand van die liddiet, maar hy waai sy hoed in triomf.

Hy en sy vriende strompel weer na onder en so ver soos hulle gaan, juig die burgers. Toe hulle by generaal Louis Botha kom, skud hy hulle hande. "Dankie, dapper jongens. Die vyand het gedink 'n hele kommando veg teen hulle op Tabanyama. As julle hulle nie gekeer het nie, het hulle ons regterflank aangeval. Dan was ons verlore. Maar ek moet sê, julle lyk voos."

"Ek kan nie eintlik onthou wanneer ek laas 'n goeie nagrus gehad het nie, Generaal," erken John.

"Julle kan 'n bietjie verlof neem. Gaan saam met die trein vol gevangenes na Pretoria. Kom terug ná 'n week. Ons verwag dat die Britte se groot aanslag eers daarna sal kom. Dan soek ons vars en sterk burgers, nie moeës nie."

Hulle vertrek in die middag na die stasie by Elandslaagte; die gevangenes op waens en die wagte te perd. Daar laat hulle die gevangenes in die bagasiewaens klim en sluit die deure sodat hulle nie kan ontsnap nie. John maak 'n punt daarvan om met die offisiere te praat. Hulle is gewoonlik verbaas dat hy Engels so goed magtig is.

By Newcastle stop hulle vir die nag. 'n Engelse vrou kom vra of sy vir die gevangenes kan kos koop.

"Ek kan nie sien waarom nie," sê John. "Die arme drommels is moeg en honger."

Die verkenners neem die gevangenes na die stasierestaurant waar hulle kos bedien word en hou wag terwyl hulle eet. Verskeie nuuskieriges kom kyk hoe die vyand lyk. John-hulle jaag hulle weg, veral wanneer hulle op die Kakies begin vloek.

Hulle arriveer vroeg in die oggend op Pretoria se stasie en oorhandig die gevangenes aan die Zarps.

"Kom ons gaan na die Transvaal Hotel om skoon te kom en te sien wat in die dorp aangaan," stel Slechtkamp voor.

John weet hy lyk sleg en daarom gaan hy saam, maar hy is van plan om so gou moontlik by die Bourke Hospitaal uit te kom om Maura te sien.

So ver soos hulle gaan, keer mense hulle voor en vra uit oor Spioenkop en die front.

"Dis oor ons so morsig lyk," sê John. "Klere vuil en amper flenters." Hy kan nie in dié vieslike toestand by Maura aankom nie.

Hulle kry kamers, bad en verklee, maar John voel steeds nie in staat om na Maura te gaan nie. Dalk moet hy eers vir hom skoon klere gaan koop. Alles wat hy het, is stukkend, en al word dit gewas, lyk dit steeds vodderig.

Hulle is net by die voordeur uit, toe twee Zarps in donker uniforms hulle voorkeer.

"Halt!" roep die een. "Kom julle nou van die front af?"

"Ja, ons het by Spioenkop geveg en gevangenes Pretoria toe gebring," verduidelik John.

"Die president sal wil hê julle moet hom van alles kom vertel," sê die Zarp. "Maar gaan eers na die goewermentstore en kry vir julle nuwe klere. In so 'n verflenterde toestand kan julle nie na die president gaan nie."

Die Zarp neem hulle by die presidensie in verby bur-
gers wat op die stoep wag om met die president te
praat. In die voorkamer sit 'n ou man met 'n yl baard,
sakke onder sy oë, en met 'n ampserp oor sy dik lyf
gedrapeer. Bokant sy grys kop op die stoel se rug-
kant, is die wapen van die ZAR, met gekruiste vlae, 'n
ossewa en die woorde *Eendracht maakt macht.*

John staar na alles. Hierna gaan hy heelwat te ver-
tel hê, dit is seker. Hy is sowaar in die president se
huis en hy ontmoet dié formidabele man. Die legen-
dariese ou Voortrekker vir wie sommige mense ver-
afsku en ander soos 'n held vereer.

"Hier is burgers wat by Spioenkop geveg het, Pre-
sident," sê die Zarp.

Die ou man blaas 'n wolk rook uit sy pyp. Hy sit
die pyp op die tafel neer en kom dan orent; steek sy
groot, pootagtige hand uit en skud elkeen se hand.

"Welgedaan, jongens." Sy stem is grof en sy wa-
terige, bloedbelope oë bestudeer elkeen van hulle.
"Kom sit en vertel my wat julle beleef het."

Hulle gaan sit en Jack Hindon begin vertel. John
bekyk die swaar meubels, die damasgordyne, die or-
rel en die Statenbijbel wat ooplê op 'n tafel. Skielik
besef hy dat die president met hóm praat. "Ekskuus,
President?"

"Het jy ook gesien hoe generaal Buller sy kanonne
by Colenso verloor?"

"Ja, ek het, President."

"Ons kan nie bekostig om ons s'n te verloor nie.
Nou het ons 'n trein vol van hulle s'n gebuit. Julle is
seker honger?" Sy oë vonkel.

"Ja, President," koor hulle.

By die groot eetkamertafel bid hy só lank dat John begin kriewel. Die president se vrou bring self vir hulle kos wat besonder lekker is. John smul aan die boerekos. Hy het laas by die Cloetes só lekker geëet. Tussen die gekou en gesluk deur moet hulle voortgaan om die ou man van al hul belewenisse te vertel. Hy vra hulle oor alles uit en hulle moet dinge in detail beskryf.

Ná die swaar maaltyd sê die president weer lank dankie vir die spyse en dan bid hy vir die dapper burgers wat vir hulle vaderland veg.

"Watter eer was dit vir ons," jubel Henri Slechtkamp toe hulle weer in die straat staan. "Ek gaan nóú Middelburg toe om by my mense te spog."

John voel soos 'n held. Nou kan hy na Maura by die Bourke Hospitaal gaan en haar alles vertel.

Hy verlang hart, siel en lyf na haar.

Maura sorteer die medisyne wat deur Raworths Apteek afgelewer is. Captain the Honourable Reginald Eustace Francis de Vere is besonder vinnig ontslaan en nou is hy in die Staatsmodelskool langsaan waar hy verder moet herstel. Die skool is vol Britse offisiere, maar die lord se seun, Winston Churchill, het ontsnap en is nie weer gevind nie.

Sy is eintlik verlig dat die kaptein weg is. Hy het 'n onthutsende effek op haar gehad, maar meer so op Lenie. As hy net nie so aantreklik was nie, sou hulle nie so bewus gewees het van hom nie.

Die nuwe jong dokter, Antonie Krige, kom in. "Ons het heelwat morfien nodig. Die ambulans het baie beseerde burgers gebring en ons moet opereer."

Maura werk lekker saam met hom. Hy is ook 'n Kolonialer en het in Edinburgh gekwalifiseer. Toe kom hy met die Sivewright Ambulance van Delagoabaai af na Pretoria. Hy is in sy laat twintigs, redelik lank en nie lelik nie, met donker hare en bruin oë. Almal is gaande oor hom.

Lenie kom ingehaas, uitasem. "Jy sal nie glo wie is hier nie."

"Jou vader? Samuel?"

Lenie skud haar kop en lag skalks. Maura snak na asem. "John?"

"Ja, John. Hy wag op die stoep en hy's so ... Dit gaan goed met hom. Hy is een van die helde van Spioen-kop en hy het by president Kruger gaan eet. Is dit nie wonderlik nie?"

Maura draf buitentoe. John staan met sy rug na haar en kyk uit op die straat. Hy dra 'n uniform en stewels. Hoe groot en breedgeskouer lyk hy nie! Haar hart dawer in haar bors.

"John." Haar stem wil knak.

Hy draai om, glimlag. Hy is skoon geskeer, behalwe vir 'n blonde snor soos dié van 'n Engelsman. Hy lyk so manlik, so sonbruin en sterk. Haar lendene wil smelt. Hy maak sy arms oop en sy loop in sy omhelsing in. Hy druk haar styf teen hom vas. Sy lig haar gesig en sy lippe kom eers sag, en toe dringend op hare neer. Sy dink haar bene gaan onder haar padgee en sy hou aan hom vas.

"Ek het so gou moontlik gekom, maar moes eers by die president gaan kuier," sê hy.

Sy is skoon uitasem toe hy haar los. "Ons het gehoor ... van verkenners wat die Britse magte op die berg gestuit het ... Julle is helde. Ek is só trots, ek kan bars."

Hy grinnik. "Ons het maar net ons plig gedoen, maar nou maak almal so 'n ophef van ons dat ek amper skaam kry."

"Wat dink jy van die president?"

Hy lag. "Hy's baie lelik, maar 'n mens kan sommer sien hy's so sterk soos 'n buffel. Kan jy 'n bietjie wegkom? Saam met my in Burgerspark gaan stap?"

Sy kan gerus huil van teleurstelling. "Ag, ek wil graag, maar nee. Ek is aan diens en ons het 'n klomp nuwe gevalle."

Sy gesig verstrak. "Dis jammer. Wanneer is jou skof verby?"

"Dalk vanaand, maar dalk eers môre."

"Ag, nou ja, dan moet ek geduldig wees. Intussen kan ek vir Jopie Taljaard gaan kuier."

Lenie kom ook buitentoe. "Ekskuus, julle, maar die dokter soek jou, Maura."

Sy draai na John. "Kom kuier vanaand by ons? My moeder sal jou graag wil sien. Theunsie ook. Kom vertel ons die jongste nuus. Samuel en Roelf het lanklaas verlof gehad en ons is erg bekommerd. Vader kom darem volgende week huis toe."

"Goed. Ek kan by Jopie gaan oorslaap."

Hy kyk af na sy klere. "Ek lyk seker ordentlik genoeg? Ons het nuwe klere present gekry ..."

"Ek sal huis toe haas sodra my skof klaar is," belowe Lenie met 'n glimlag.

Maura kyk na haar blosende gesig en kry 'n nare steek van iets. Dis tog nie jaloesie nie? Sy smag daarna om ook by te wees, maar kan nie haar plig versaak nie.

John glimlag vir haar. Sit sy hoed op. "Ek sal jou sien sodra jy weer beskikbaar is."

Maura kyk hom verlangend agterna. Hoe kosbaar is hy nie. Wat as iets vreesliks met hom gebeur? Hoe sal sy dit hou?

"Hy is so 'n besonderse man," hoor sy Lenie sug.

John het die vorige aand kom kuier en Lenie kan nie uitgepraat raak oor hom nie. Maura moet haar irritasie sluk. Nou is Lenie weer die oggend aan diens en Maura het die oggend vry. Sy het die vorige aand eers ná ete by die huis gekom toe John al weg is. Die moontlikheid dat hy kom kuier, troos haar darem.

Hy arriveer tienuur in die oggend. Sy dra haar uniform, reg vir die volgende skof.

"Kom ons gaan stap in Burgerspark soos jy gister voorgestel het," sê sy. Hy laat haar hart woes klop en haar wange wil net nie afkoel nie.

"Dit sal lekker wees."

Hulle stap in die straat af na die park. Hy voel so groot langs haar, so aantreklik in sy verkennersuniform. Sy is trots om by hom gesien te word. Vra hom uit oor die veldslae en wat die verkenners doen.

"Ons vorm heeltyd die agterhoede," vertel hy. "Sodra die kommando's vlug, moes ons keer dat die Kakies hulle inhaal. Ons bespied ook die pad vooruit om te kyk of die vyand ons nie dalk voorlê nie. Jy kan maar sê ons vee op voor en agter ons mense. Dit is eintlik skokkend om te sien hoe die kommando's vlug."

"Dis verskriklik dat hulle vlug en nie staan en veg nie."

"Soms kan hulle nie anders as die oormag so groot is nie."

Dit klink vir haar onheilspellend.

Hulle loop by die park se hek in en gaan sit op 'n bankie onder 'n boom. John sit sy arm om haar. "Moenie bang wees nie, Maura. Jy behoort hier veilig te wees. Die Kakies is nog baie ver weg. Ek wens ek kon jou veilig hou."

Trane brand in haar oë. "Jy is heeltyd in veel groter gevaar as ek, John. Wat as jy iets oorkom?"

Hy bring haar hand na sy mond en soen dit. "Ek moet nou eers teruggaan na die front, maar ek kom weer hierheen. Wanneer weet ek nie, maar dit sal gebeur."

Die heerlike towertydjie gaan te gou verby, en toe Maura sien, moet hulle weer terugkeer. Maar in haar hart is die vrees nou met hoop en liefde getemper.

John word vroeg in die oggend deur 'n boodskapper wakker gemaak. "Generaal Botha wil jou sien."

Iets is nie pluis nie, dink John. Die son is nog nie op nie en dit is ysig.

Hy haas na die generaal se tent, onder die indruk dat daar 'n krygsraad sal wees, maar buiten die generaal en jonkheer Sandberg is hy die enigste een daar.

John haal sy hoed af. "Dag, Generaal."

Louis Botha stuur hom dikwels op sendings en dit is lekker om te dink dat hy vertroue in hom het.

"Dag, John. Jammer om jou so vroeg te roep maar daar is groot probleme aan die westelike front, in die Vrystaat. 'n Buitengewone groot leërmag is aan't opmars onder veldmaarskalk Lord Roberts van Kandahar en Lord Kitchener, die held van Omdoerman in die Soedannese oorlog en sirdar van Egipte. Nie net word die Vrystaat bedreig nie, maar hulle wil Kimberley ook ontset."

John luister met 'n frons. Om Buller te probeer keer, en teen so 'n oormag te staan te kom, was al erg genoeg. Nou is daar wragtag 'n tweede opmars.

"Kom kyk na dié kaart." Louis Botha wys met sy vinger. "Daar is Paardeberg waar generaal Piet Cronjé en vierduisend burgers vasgeval het, met 'n laer vol vroue en kinders. Ek gaan jou soontoe stuur. Jy en iemand anders. Albei van julle praat vlot Engels en julle is onverskrokke. Ons moet 'n boodskap deurkry na generaal Cronjé. Hy en sy mense is ingegrawe by die Modderrivier. Lord Roberts het hom afgesny van Bloemfontein."

"Dis 'n ramp, Generaal!"

"Ons moet maar besef Kimberley is vir ons verlore. Die Britte bombardeer generaal Cronjé en generaal De Wet moes terugval na Poplar Grove. Generaal Joubert en albei presidente vra dat ons generaal Cronjé red. Ons kan nie daardie duisende burgers verloor nie. Kaptein Danie Theron is reeds daar by generaal De Wet se laer. Jy en hy moet albei seker maak dat generaal Cronjé ons boodskappe kry. Een van julle faal dalk."

John se maag trek saam. Hulle stuur die beste verkenner van almal, Danie Theron, en vrees dat hy kan faal?

"Ek is bereid om enigiets te doen wat u van my verlang, Generaal."

Die generaal skud John se hand. "Ek weet, en baie dankie. Jonkheer Sandberg sal jou alles gee wat jy nodig het en jou vertel presies wat om te doen. Ons gebede gaan saam met jou, John."

Op 24 Februarie bereik John generaal De Wet se laer. 'n Krygsraad is in sitting. Die stewige, taai generaal met sy gelerige oë en kort bokbaardjie, geklee in 'n bruin pak en stewels, sit by die tafel.

"Generaal, hier is verkenner John Cloete wat so

pas van generaal Botha af gekom het," sê die gids wat John soontoe gebring het.

Christiaan de Wet kyk met 'n frons na John. "So, jy's die man wat deur generaal Botha en kaptein Edwards aanbeveel is. Kaptein Danie Theron gaan reeds vanaand na generaal Cronjé se laer. Is jy bereid om te volg?"

"Ja, Generaal."

"Jy sal te voet moet gaan en deur die Britse kordon kom. Vind 'n swak plek. Jy praat goed Engels en sal dit dalk nodig kry as jy betrap word."

"Ek kan soos 'n slang seil as dit nodig is, Generaal."

Christiaan de Wet lyk egter skepties. "Jy moet die boodskappe memoriseer, want dis te veel van 'n risiko om geskrewe boodskappe te dra. Gaan praat met kaptein Theron en maak julle planne."

Ná 'n welkome, warm maaltyd en die versorging van sy perd, gaan soek John die baasverkenner wat besig is om 'n kaart te bestudeer. Hy lyk bly om John te sien.

"Aha, John Cloete! Dankie dat jy kom help. Ek gaan eerste in. Jy moet ná middernag kom. Dan is die wagte al moeg en nie te wakker nie."

Naby die Britse kamp sluip John te voet van skaduwee na skaduwee. Die maan is helder en hy sweet van spanning. Hy hoor die geruis van baie stemme, die veraf tjank van 'n jakkals. 'n Uil se geroep klink soos 'n doodstyding. In die verte brand kosmaakvure. Hoe nader hy kom, hoe duideliker sien hy die patrollerende wagte; verlig dat daar minder is as wat hy verwag het.

Met geklemde kake wag hy agter 'n lae bos. Onder hom is die grond klipperig en daar is plante met dorings wat krap. Hy kruip na die naaste wag. Die man draai en marsjeer weg. John gooi 'n klip sodat dit 'n ent verder grondvat.

"Who goes there?" roep die wag. Albei wagte storm met gewere gereed om te kyk wat die geluid veroorsaak het. John glip deur. Loop asof hy een van hulle is. Gelukkig dra die verkenners uniforms wat almal kan flous. By die tweede klomp wagte gooi hy weer 'n klip om hul aandag af te trek en glip deur, maar hulle sien hom, vuur skote af en skree dat hy moet stilstaan.

John hardloop, koes, en bid dat hy nie getref word nie. Nou is hy naby die rivier se wal; hy ruik verrotte karkasse. Hy spring by die oewer af en rol. Verloor sy hoed en stamp sy wang teen iets hard. Voel bloed warm vloei.

Gou is hy egter op die been en kruip verder in die donker rivierbedding af. Die stank van urine, verrotting en ontlasting is oorweldigend en hy stik omtrent. Dit word lig en hy kan vorms uitmaak. Voor hom is twee dooie perde en die wrak van 'n wa.

"Halt!" 'n Modderman kruip uit 'n gat.

"Ek het 'n boodskap vir generaal Cronjé," hyg John.

Hy sien nou dat modderbesmeerde, verskrikte gesigte vir hom loer. Hy kan nie sien of dit mans of vroue is nie. Die modderman gryp sy arm en sleep hom na 'n grot. "Hier is generaal Cronjé."

Die vuil ou man en sy vrou sit moedeloos bymekaar. John staar verstom na hom. Is dit die sogenaamde Leeu van Potchefstroom, een van die helde van Magersfontein, die man wat Jameson se inval gefnuik het?

"Ek is John Cloete, Generaal. Ek is ná kaptein Theron gestuur om seker te maak u kry generaal De Wet se boodskap."

"Dankie. Ek het reeds vir kaptein Theron gesien en die boodskap ontvang."

John is verlig. Hulle het nie gefaal nie.

Cronjé weier egter om uit te breek, al smeek van die offisiere hom om dit te doen. In die nagdonkerte verlaat John en Danie Theron weer die beleërde skuilings, swem deur die stygende rivier en glip nogeens deur die Britse kamp.

"Nou moet ons die nuus gaan oordra dat alles tevergeefs was en dat Cronjé-hulle verlore is," sê Theron gefrustreerd.

John is ontnugter en teleurgesteld, maar dankbaar dat hulle dit oorleef het.

Op Majubadag, 27 Februarie, gee Cronjé en sy kommandolede oor aan Lord Roberts; volgens John is die Boeremagte reeds verslaan, maar hy sal aanhou veg, neem hy hom voor. Hy het niks anders om te doen nie.

John neem afskeid van generaal De Wet en Danie Theron. "Ek moet aan generaal Botha gaan rapporteer," verduidelik hy.

"Wil jy nie by my verkenningskorps aansluit nie?" vra Danie Theron. "Generaals De Wet en Botha het vir my toestemming gegee om 'n nuwe verkenningskorps op die been te bring en ek glo jy kan 'n aanwins wees."

John is verheug en voel gevlei. "Ek is geëerd en sluit graag by julle aan, Kaptein."

John weet dat hy nie gou weer vir Maura sal sien as hy in die Vrystaat aan die wesfront gaan veg nie, maar dit is 'n geweldige eer om lid te wees van Danie Theron se verkenningskorps wat saamgestel is uit 'n mengsel oorsese vrywilligers en oudlede van kommando's, of ander verkenningskorpse. Danie Theron kry vir hulle uniforms, vars perde en volop voorrade.

Hulle vorm die hooggeagte generaal De Wet se agterhoede.

Toe Maura en Lenie by die huis aankom, hoor hulle 'n man se stem.

"Vader is hier!"

Lenie hardloop binnetoe en Maura kyk hoe haar vriendin haar vader omhels. Hy lyk ouer en maerder, maar hy het skoon klere aan en tante Huibrecht lyk gelukkig.

"Dank die Heer Vader is veilig." Lenie vee vreugdetrane af. "Waar's Roelf en Samuel?"

"Hulle is saam met Theunsie dorp toe om proviand te kry," sê haar vader. "Ons het groot tekorte aan alles. Baie burgers het huis toe gegaan. Dissipline is swak, ongelukkig. In die Vrystaat het baie burgers gehensop nadat Bloemfontein ingeneem is. Die Engelse rus eers en hulle het baie siekes en beseerdes. Dit gee ons 'n blaaskans."

Maura gaan nader en omhels hom. "Welkom tuis, oom Roelof."

"Ja, dis lekker om hier te wees, al is dit net vir 'n paar dae." Sy gesig word somber. "Ons is hier omdat oom Piet Joubert baie siek is. Tant Drienie verpleeg hom by die huis. Louis Botha is nou die kommandant-generaal en ek is op sy staf. Oom Piet sal nooit weer veg nie. Hy het baie foute gemaak en dit is miskien goed dat jonger manne oorneem."

Maura gaan trek haar vuil uniform uit. Hulle sal met 'n groot ete vier dat die mansmense tuis is. Sy ruik reeds heerlike geure in die kombuis wat dwarsdeur die groot huis trek.

Aan tafel praat hulle oor die sterwende Piet Joubert. "As hy nou sterf, sal dit vir tant Drienie 'n geweldige verlies wees," reken tant Huibrecht. "Sy het oral met hom saamgegaan. 'n Baie dapper vrou. Streng, maar goedhartig."

Maura kry die nare indruk dat die Krugers gedemoraliseer is. Bloemfontein is in die vyand se hande. Waar is John nou? Hoe desperaat veg die verkenners as die Boere nou oorweldig gaan word? Veral as hulle vlug en hensop.

"Wat weet Oom van generaal Botha se verkenners?" vra sy. "My kleinneef John is een."

"Samuel sê John Cloete het by Danie Theron se verkenningskorps aangesluit. Hulle moes help om die Vrystaatse staatsargiewe op die trein te laai waarmee president Steyn gevlug het kort voordat Lord Roberts op 13 Maart met duisende uitgeputte en siek troepe by Bloemfontein ingemarsjeer het."

Sy kry 'n hol kol op haar maag. "Dit maak my bang, Oom. Gaan hulle Pretoria ook oorstroom?"

Hy sug hard. "Hulle is soos 'n swerm sprinkane wat alles opvreet so ver soos hulle gaan, Maura. Ons sal maar soos perdebye moet word wat aanval, steek, en wegvlieg."

"Wat gaan van ons word as julle ons nie kan verde-
dig nie?" vra tant Huibrecht met 'n bewende stem.

"Julle vroue sit net stil. Die Kakies het nie die vroue
in Bloemfontein gemolesteer of beroof nie. As hulle
hierheen kom, sal hulle julle nie skade aandoen nie.
Lord Roberts is glo baie streng en laat nie plundering
toe nie. Hy is wel die vyand, maar hy's 'n opgevoede
man."

Maura staan buite die Jouberts se groot huis in Visa-
giestraat en kyk hoe die kommandant-generaal se
begrafnisstoet in die straat af beweeg. Die Krugers
het na mevrou Joubert gegaan, maar Maura weet die
ou vrou minag haar moeder en vader. Daarom voel
sy nie gemaklik om saam te gaan nie; almal weet
haar broer is 'n lafaard wat lankal gehensop het.

Die dood van Piet Joubert is vir haar die ZAR se
doodsklok. Hulle hoor dat Lord Roberts in Bloemfon-
tein 'n proklamasie afgekondig het wat vir burgers wat
'n eed van neutraliteit neem, amnestie gee. Baie gaan
stilweg terug na hul tuistes.

Sy is oortuig haar vader sal dié eed aflê wanneer
Roberts Pretoria bereik.

Dit lyk nie asof hy gekeer sal kan word nie.

❦ VYFTIEN ❦

Lenie kom by die hospitaal ingehardloop, haar gesig rooi en beswete en haar hare deurmekaar.

"Die president en sy staf het per trein na Machadodorp vertrek!" sê sy uitasem. "Hulle het die belangrike staatsargiewe en die geld uit die Munt saamgeneem."

Die personeel drom om haar saam. Ontsteld, kwaad en verskrik.

Maura kyk geskok na haar vriendin. "As die president ons in die steek laat, oorhandig hy Pretoria op 'n skinkbord aan die Engelse."

"Moeder sê die president mag nie gevang word nie. Hy sal Machadodorp die nuwe hoofstad maak en die land van daar af regeer."

"Van dáár af regeer?!" Maura spoeg dit met minagting uit. "Hy het homself gered en ons vir die wolwe gegooi."

Sy draai weg, hartsiek. Daar is geen redding nie. Die vyand kom. Sal hulle genadig wees, soos in Bloemfontein? Of nie?

Sy kan altyd Doornbosch toe gaan. Buite die dorp. Maar nee – as haar vriende die vyand moet trotseer, sal sy ook. Hulle sal tog seker nie die hospitale bombardeer nie?

Waar is John? Sy is rasend van bekommernis.

Op die Britse offisiere in die hospitaal se gesigte sien hulle triomf en verligting; hulle reken hulle gaan binnekort vrygelaat word. Daarteenoor is die burgers en wagte se gesigte somber. Dié wat kan, verlaat die hospitaal.

John is kwaad en moedeloos. Hulle veg teen 'n onkeerbare mag; slaap selde, en vries in die nag. Hulle eet skaars en beweeg die hele tyd. Sy perd moet net hou. John is geskok deur die gebrek aan dissipline onder die vlugtende Boeremagte. Baie burgers wil net huis toe gaan na hul gesinne en hulle glo die oorlog is verby vir hulle. Op die hoofpad na Pretoria is 'n deurmekaarspul van waens, ruiters, voetgangers, vee, perdekarre. Agter hulle is Britse kavallerie sigbaar; dit is asof hulle troppe vee aanjaag.

Die Vrystaters is terug na hulle eie land. Die Transvalers val terug na hulle s'n. Danie Theron en die Transvalers beweeg nou saam met generaal Louis Botha en vorm die agterhoede, die gevaarlikste werk, en hulle raak heeltyd slaags met die Kakies.

Teen dié tyd is ook Ladysmith, Kimberley en Mafeking al bevry. Roberts is op pad om Johannesburg, die goudstad, te verower; daarna Pretoria waar die ou beer, Paul Kruger, uit sy skuiling gejaag is. As Pretoria ingeneem word, breek dit na alle waarskynlikheid die Boere se moed.

Die forte van Klapperkop en Schanskop is verlate toe John-hulle Pretoria op uitgeputte perde binnery. Eers gaan hulle na Kerkplein om te keer dat die mense die staatsopslagplekke beroof. John sit op sy perd en bekyk die pandemonium. Mans en vroue kom uit die geboue, laai kruiwaens en perdekarre vol gesteelde buit.

Wat help dit om hulle te keer? Hulle kan tog nie alles vir die Engelse los nie.

Sy grootste behoefte is om Maura te sien, sy perd te laat rus en 'n behoorlike maaltyd te eet. Hy is só honger, sy maag grom behoorlik. Boonop is hy vuil en verflenter; hy kan nie eens onthou wanneer laas hy geskeer het nie.

Die Boereleiers, wat Danie Theron insluit, sal in die Raadsaal vergader om oor die toekoms te besluit. President Kruger en sy regering is weg op die ooste-like spoorweg na Machadodorp met die argiewe, die inhoud van die banke en die Munt. Tydelik veilig, ter-wyl die mense in die dorp erg benoud is en paniek die lug vul.

Uiteindelik ry John na Van der Waltstraat, na die Bourke Hospitaal. Burgers op moeë perde ry by hom verby, sommige stadig, ander weer haastig. Sy groot bruin perd het hy by 'n Britse kamp gebuit nadat sy ge-liefde Fleur onder hom doodgeskiet is. Oom Clarence sal nou nie meer met die hings kan teel nie.

Die Bourke Hospitaal is in beroering. Personeel koek saam met bang gesigte.

"Verdedig julle die dorp? Is die Engelse al hier?" peper hulle hom met vrae.

Hy vertel hulle eerlik dat dit 'n kwessie van dae is en dat die forte leeg is, die kanonne is weg, en daar is geen verdedigingsmag nie.

"Ek het Maura Cloete kom vind," sê hy.

Die jong dokter, Antonie Krige, vertel hom dat sy

huis toe is. "Sy en Lenie Kruger. Lenie se vader het ook per trein na die ooste vertrek, maar haar broers is tuis."

John besluit om dadelik soontoe te gaan. Hy lei sy uitgeputte perd na die Krugers se huis in Jacob Maréstraat. In sy kop vorm 'n plan en hy sal die volgende dag by die Raadsaal die plan aan Danie Theron en generaal Botha voorlê.

By die Krugers kom haal 'n staljong sy Engelse perd om te versorg. "Kyk asseblief mooi na hom," versoek John. "Hy's heeltemal ooreis."

Hy loop na die stoep, maar hoor stemme. Maura en Samuel is in die tuin. Hy hou haar hande vas en praat met 'n smekende stem. John vries in sy spore. Wat op aarde gaan hier aan? Verklaar die man sy liefde? Wat vra hy van haar?

Sy skud haar kop en kyk weg. Sien vir John, trek los en loop vinnig na hom. Omhels hom en roep snikkend uit: "John! Liewe, liewe John! Ek is só bly om jou te sien."

Hy soen haar en sien dat Samuel wegstap en agter om die huis verdwyn. Waarop het hy nou inbreuk gemaak? Hy is jammer dat hy in Samuel se slaai kom krap, maar die liefde maak 'n mens selfsugtig.

"Die Kruger-seuns is hier," sê sy. "Kom eet saam met ons. Jy lyk verhonger."

"Ek is."

Sy vat sy hand en lei hom na die kombuis waar tant Huibrecht, Roelf en Theunsie doenig is. Die geur van vleis en groente wat gaar word, laat John se mond water.

"Ek is jammer as ek ongenooid aankom," sê hy. "Maar ek het Maura kom soek."

Lenie kom ingehardloop en omhels hom. "Ek is verskriklik bly jy's ook hier."

Tant Huibrecht omhels hom en die seuns kom skud sy hand. "Jy's welkom, John," sê sy. "Ons hoor die vyand is in aantog in groot getalle en die Boere vlug."

"Dit is ongelukkig waar, tant Huibrecht."

"Ons sal moet vort, uit die dorp," sê Roelf. "Die kommando's sal weer hergroepeer. Wil jy saamkom, John?"

"Nee, dankie, ek bly by Theron se verkenners. Môre sal ek weet waarheen kaptein Theron ons wil stuur."

Hy kyk na Maura. "Beplan jy om huis toe te gaan?"

Sy frons. "Nee, ek bly by die hospitaal totdat hulle my uitskop."

"Wat sal die Engelse aan ons doen?" Lenie se oë is groot en bang.

"Seker niks, solank julle nie moeilikheid soek nie. Die probleem is – hulle neem die plek oor en bly sommer in mense se huise. En hulle bring baie pasiënte na die hospitale."

"Dan weier ek om verder by die hospitaal te werk," sê Lenie. "Ek weier om die vyand wat my land steel te verpleeg."

Hulle sit aan vir ete en Samuel sluit by hulle aan, maar hy is bekaf en gee John 'n dwars kyk. Praat ook niks. Maura lyk ongemaklik en John voel ook so, maar hy vra tog vir tant Huibrecht of hy die nag kan oorslaap. "Die vloer is reg. Ek is gewoond aan rof lewe."

"Natuurlik kan jy," antwoord sy, maar kyk skuinsweg na Samuel.

"Ek sal in die stal slaap," sê John. "Môre vroeg is ek weg."

Maura gee vir hom seep en waswater en hy kry hom so skoon soos hy kan. Hy skeer selfs die baard af wat redelik welig begin groei het.

Met sy maag vol, is hy opeens só vaak dat hy nie kan wakker bly nie. Maura sou hom kom nagsê. Hy raak op 'n hoop sakke aan die slaap. Hy is egter gewoond daaraan om wakker te skrik as hy die geringste geluid hoor.

Dié keer het hy nie verniet wakker geskrik nie.

"Wie's daar?"

In die donker kom 'n wit gedaante nader, kers in die hand. Dit is Maura. Sy het 'n nagrok en japon aan en oor een arm dra sy nog iets.

"Ek het belowe om te kom nagsê, maar ek kon nie wegkom voordat almal bed toe is nie. Ek was bang jy kry koud, en het vir jou nog 'n kombers gebring."

"Jý gaan mos verkluim," maak hy beswaar. "Dis winter en vrieskoud."

"My arme John, ek moes tog kom kyk of jy nie te ongemaklik slaap nie."

"Ek slaap deesdae enige plek."

Sy sit die flikkerende kers neer, en gee vir hom die kombers. Daarna vly sy haar langs hom aan; hy trek haar teen hom vas en vou die kombers om hulle. Hou haar styf vas. Geniet die heerlike geur van haar hare en vel en die warmte van haar lyf. "Jy bibber, my liefling."

Sy kyk grootoog na hom. "Is ek jou liéfling?"

"Ek dra jou nog dwarsdeur die oorlog in my hart saam … So ja, jy is my liefling. Maar ek weet iemand anders is ook lief vir jou."

Sy sug. "Jy het gesien. Arme Samuel. Ek voel bitter sleg, maar ek voel net nie vir hom wat ek vir jou voel nie."

Hy draai haar gesig met sy hand sodat hy haar behoorlik kan soen. Dit word hartstogtelik, dringend. Hulle arms is om mekaar en hulle sak neer. Kan nie genoeg van mekaar kry nie.

Hygend wikkel sy haar los. "Nee, wag, nou gaan ons te vinnig."

"Ek is jammer as ek jou oorweldig, Maura. Ek wil jou nie skaad nie; jy moet liewer gaan voor ek beheer oor myself verloor."

Sy lag saggies. "My beheer is ook maar min." Sy staan op. "Ek loop nou, maar moenie saamkom nie."

Hy staan op en omhels haar. "Dankie dat jy gekom het. Elke sekonde saam met jou is kosbaar."

Sy tree weg uit die omhelsing. "Ek sal môreoggend vir jou 'n lekker ontbyt maak voordat ek hospitaal toe gaan."

"Dankie, liefste. Ek weet nie wanneer ek jou weer daarna sal sien nie, maar moenie van my vergeet nie. Ek kom terug na jou toe."

"Hoe kan ek ooit vergeet?"

Sy vlug die nag in terwyl hy van kop tot tone gloei. Dis beter dat sy gaan, besef hy.

Die kanonvuur is onophoudelik. Die Britte is aan die buitewyke van Pretoria en skiet na die forte. Maura het swaar afskeid geneem van John en weet nie waar hy nou is nie. Sy weet nie hoe dit met haar gesin gaan nie. Sy is afgesny.

Op 5 Junie marsjeer die Britse troepe Pretoria binne. Maura gaan na Kerkplein. Sy hoor die vyand se marsjerende voetval soos afgemete tromslae naderkom. Daar is mense wat juig en ander wat huil.

Toe kom die manne in kakie binne sig; 'n bruin golf wat ontelbaar lyk, maar ritmies in gelid. Vooraan ry 'n klein mannetjie op 'n groot perd met langs hom 'n groot man op net so 'n groot perd.

"Die kleintjie is Lord Roberts en die ander een is Lord Kitchener," hoor sy iemand sê. Hulle kom voor die Raadsaal tot stilstand en die troepe tree voor hulle aan. Die plein is naderhand volgepak; daar is kwalik plek vir 'n muis.

Die Vierkleur word gestryk en daarna word die Union Jack gehys. Iemand lees Lord Roberts se proklamasie voor. Daar is amnestie vir burgers wat hensop.

Skielik skrik sy. 'n Lang man naby haar in 'n bruin pak en hoed, kyk stip na haar. 'n Man met 'n blonde snor.

Dis John! Sy beur om by hom uit te kom, te vra wat hy hier doen, maar hy draai en verdwyn tussen die massa mense. Haar hart wil by haar keel uitspring. Hy het kompleet soos 'n Engelsman gelyk.

Skielik is hy by haar. "Wat doen jy hier?" vra sy dringend. "Sê nou net jy word gevang?"

Hy buk sodat sy mond naby haar oor is. "Ek bly. Ek het werk om hier te doen. Ek spioeneer vir kaptein Theron."

Hy knik vir haar. Sy wil nog aan hom vat, maar hy druk mense uit die pad en verdwyn in die massa.

Sy sien hom nie weer nie. Oorweldig en verskrik haas sy haar na die hospitaal. Oral is Britse soldate wat haar aangaap. Hulle doen niks, maar sy is bang vir hulle en hardloop omtrent by Markstraat op.

By die hospitaal beskryf sy wat sy gesien het. "Duisende Kakies het ingemarsjeer. Hulle lyk moeg en sommiges lyk selfs siek. Nog nooit het ek soveel mense op Kerkplein gesien nie."

"Ons wagte is weg om by die kommando's aan te sluit," lig Lenie haar in.

Die hospitaal is stil. Mense fluister. Die Boerepasiënte is almal weg, net die Kakies is nog daar.

Laat in die middag daag 'n lang Engelse kolonel op. Sy uniform is perfek netjies en sy knope blink. Daar is vyf gewapende soldate by hom. Die personeel wag gespanne terwyl hy met die dokters en matrone in die dokter se kantoor praat.

Hulle praat en gis totdat die kolonel en ander uitkom.

"This gentleman is Colonel James Bryce, a doctor in die Royal Army Medical Corps," sê dokter Veale. "Hy wil iets aankondig."

"The Royal Army Medical Corps is taking over this hospital," sê die kolonel. "We shall be sending patients here. If you wish to remain, you will be required to take the Oath of Neutrality or the Oath of Allegiance. If you refuse, your service will be terminated."

Maura en die ander kyk in konsternasie na mekaar. Sy sien hoe dokter Antonie Krige frons. Wat is hý van plan om te doen? Gaan hulle hom deporteer? Of in hegtenis neem?

Lenie se gesig is bitter en woedend. "Ek gaan huis toe. My arme moeder moet in 'n vreeslike toestand wees."

Maura staar na die rooigebrande, streng kolonel.

Hy's tog 'n dokter; iemand wat sy medemens moet help.

"We thank you for taking care of both Boer and British soldiers," sê hy. "But it is our task to treat all those who need our care without fear or favour."

Hy kan nie heeltemal sleg wees as dit sy houding is nie.

Waarheen moet sy nou gaan? As Lenie nie meer gaan verpleeg nie, kan sy nie by die Krugers bly nie. Die tyd het seker aangebreek om na Doornbosch terug te keer. Sy is ontsteld, gefrustreerd, en voel gestroop. Waarmee gaan sy haar van nou af besig hou? Sy wil huil.

Die ou Republiek sterf regtig voor haar oë.

❧ SESTIEN ❧

Maura verlaat die hospitaal met 'n swaar hart. Sy neem afskeid van mense met wie sy ten nouste saamgewerk het en vir wie sy lief geword het. Hulle het soveel harde, dog opwindende tye saam deurgemaak.

Dokter Krige soen selfs haar hand. "Ek hoop ons sien mekaar weer, my Ierse verpleegster."

"Miskien, wie weet?" antwoord sy ontwykend. Sy hou regtig baie van hom, maar dis al. Lees hy meer in haar vriendelikheid as wat hy moet?

Krygswet is sommer dadelik afgekondig. As sy die dorp wil verlaat, moet Maura na die Militêre Goewerneur, generaal Sir John Maxwell, se kantoor op Kerkplein gaan om 'n verblyfpermit en 'n permit vir haar perdekar en perd te kry.

Sy wag in 'n frustrerende lang ry voordat sy geholpe raak.

"So, Miss, you were a nurse in the Bourke Hospital?" sê-vra die offisier vriendelik.

"Ja, ses maande lank."

Dit lyk asof hy dit gunstig bejeën. Gelukkig praat sy goed Engels en dit maak ook 'n goeie indruk.

Nou omring leërkampe die dorp. Hulle is oral langs die spoorweë en paaie, en hulle het baie perde.

Alles lyk ordelik, en gelukkig plunder niemand. Daar is offisiere in verskeie mense se huise ingekwartier, maar tant Huibrecht het botweg geweier om enigeen te akkommodeer.

"George Heys gee sy mooie Melrose House vir Lord Roberts en Lord Kitchener se gebruik," sê sy ver-ontwaardig. "Daardie man botter sy brood behoorlik aan albei kante."

Maura pak haar goed by die Krugers se huis. "Ek was gelukkig hier," vertel sy 'n bleek en huilerige tant Huibrecht. "Tante is vir my amper meer soos 'n moe-der as my eie moeder."

Lenie snik toe hulle haar afsien. Maura knip hard aan haar eie trane en probeer haarself inhou.

"Wees dapper," roep sy toe sy wegry. "Moenie die Britse leeu se baard trek nie."

Lenie glimlag deur haar trane. "Ek kan niks belowe nie."

Maura moet haar permit aan berede militêre poli-sie wys, en een keer aan een van Lord Kitchener se lyfwagte. Die soldate is baie korrek, maar hulle staar haar te stip en nuuskierig aan, en dit verg moed om hulle kalm in die oë te kyk.

'n Skok wag toe sy Doornbosch bereik. Daar's 'n Britse kamp op die plaas met wagte, tente en perde oraloor. 'n Wag keer haar by die hek voor en bekyk haar permitte.

"Hierdie is my tuiste," snou sy hom toe.

"Carry on, Miss Cloete," sê hy hoflik nadat hy haar en die permit goed bestudeer het.

Sy is nou erg omgekrap. Sê nou net Britse offisiere is in die huis ingekwartier?

Ngafane kom aangehardloop om die perd te vat. "Die Engelse bly op die plaas, Miss Maura. Baie van hulle. Ons kan nie beeste laat wei naby hulle nie. Dalk steel hulle ons beeste om te eet."

Sy moet vir sy konsternasie lag. "Hulle sal darem seker eers vra of hulle mag beeste vat?"

Sy dra haar bagasie by die huis in. Hoor stemme in die voorkamer. In die portaal sit sy haar goed neer, stof haarself af, voel aan haar hare, en loop in. Haar hart klop onreëlmatig, maar sy hou haar braaf.

"Wel, hier's my dogter," sê haar vader. "I have been telling Captain De Vere about you."

Haar asem stok in haar keel. Hier is hy wragtag weer. Kaptein De Vere. Die leier van die Britse verkenners. Die man wat almal, vir haar en Lenie inkluis, in die hospitaal geïntimideer het.

Hy staan regop en glimlag kil vir haar. "We meet again, Nurse Cloete. Miss Cloete now. Vere's Scouts are quartered here. I am at the head of my men again, you see, after being released when Lord Roberts took the town."

Sy vind weer haar stem. "Well, this certainly is a surprise, Captain."

"Have you also taken the Oath of Neutrality, like your family?" vra hy, sy oë geskref.

"I have not had time to take any oaths, Captain. It was bad enough trying to obtain a residential pass and permits. Are you insisting on staying in our house?"

Hy grinnik asof hy lekkerkry. "We are bivouacking here on your farm."

"Captain De Vere and his fellow officers will occupy the cottage," verduidelik haar vader asof die man welkom is.

"This house is full, anyway," sê 'n bekende stem. "Ek moet glad die toring my slaapkamer maak."

Sy draai en kyk verstom na die lang, oënskynlike Engelsman wat die bruin pak dra wat hy op Kerkplein aangehad het.

"Hallo, John," kry sy uit. Wat doen jy hier? wil sy vra, maar sy sluk haar woorde.

"I'm glad you're home again." Hy grinnik sowaar vir haar.

"Well, I must be going," sê kaptein De Vere. "Thank you for the tea. I'm sure we shall get along just fine."

"I'm sure we shall, Captain," sê Clarence Cloete.

Maura bewe van kop tot tone en voel asof sy gaan flou word. Die kaptein neem sy pet en marsjeer uit. Sy stewels klink hard op die stoep.

Maura se vader hinkepink agterna. Sy kyk met afgryse na John. "Hoe op aarde val jy hiér uit?"

"Ek woon tydelik hier. Die kaptein het ons vertel dat jy hom in die Bourke Hospitaal verpleeg het. Hy het geweet jy woon hier. Nou is hy en sy korps hier op die plaas. Die Duke of Cornwall se Light Infantry kamp by Irene. Die Britte het Pretoria in 'n wurggreep."

Hy lei haar na 'n bank en sit langs haar. Praat sag. "Ek kom vir jou vader werk. Ons gaan vleis en vars produkte aan die Britse troepe lewer. Ons het die Eed van Neutraliteit geneem. Ek beskou dit nie as bindend as dit onder dwang gedoen is nie."

"Wat?" Sy staar na hom.

"Gaan jy my vertrou, of nie?"

"E… ek sal seker moet …"

Haar vader verskyn in die deur. "Ons moet oorleef, Maura. Toe die oorlog uitbreek, het ek gesê ek wil nie kaal uitgetrek word nie. Ek het gans te hard gewerk vir wat ek het."

"Maar almal sal jou as 'n hensopper beskou, Vader," sê Maura. "Mense soos die Krugers sal ons nie meer wil ken nie. Ons sal geen vriende hê nie." Haar hart wil breek.

"Ons is veilig," sê hy streng. "Wees bly daaroor. En ons sal ander vriende hê."

Daardie aand aan etenstafel praat hulle oor die situasie waarin hulle is en wat gedoen moet word.

"Die Britse troepe tel duisende en omring Pretoria heeltemal," sê Clarence. "Hulle het kos nodig, en nou het ons 'n mark. Ek het onderneem om vleis te verskaf, waarvoor hulle my natuurlik goed sal betaal. Vars produkte is ook skaars; daarom sal ons ook vrugte en groente aan hulle verkoop."

"Ek het ook 'n plan," sê Maura. "Ek kan melk en room dorp toe neem en dit daar verkoop. Nie aan die Engelse nie, maar aan ons eie mense wat kostekorte ly. Niemand het meer hulle eie koeie in die dorp nie en die meeste perde is gekonfiskeer. Tant Huibrecht het iets gesê van 'n klein bakkery by hulle begin omdat alles so skaars raak. Hulle kan botter ook maak as ek melk by hulle aflewer. Hulle kan die room afskep. Ek kan ook vir hulle mieliemeel en so aan neem. Sy kan ses tot tien pennies 'n brood vra, dan maak sy darem wins."

"Dis 'n goeie plan," sê John. Hy glimlag betekenis-vol.

"Gaan my fyn opgevoede dogter smous?" protes-teer Eileen. "Dis nie iets wat 'n dame doen nie."

"Sy doen lankal dinge wat dames nie veronder-stel is om te doen nie," spot Henry. "Sy kan netsowel smous."

John kyk met minagting na hom en sy stem is laag en dreigend. "Die land is ingeneem, maar almal moet nog leef, en nie hongersnood ly nie. Maura woeker, en jy beter ook jou sokkies optrek en iets doen."

"Wie dink jy is jy om my te kom sê wat ek moet doen?" Henry se stem rys skril.

"Ek moes jou van die begin af voorsê en dwing, jou lyfwegsteker. Ek moes jou terugneem na die front, maar toe kom jy byna onmiddellik weer huis toe."

Maura wip soos sy skrik. John gedra hom soos die seun van die huis en hy skroom nie om te sê wat hy dink nie.

"Jy's 'n vermetele indringer in ons huis," skril Ei-leen en gluur John aan.

Haar moeder is woedend vir hom. Sal haar vader nie ook vir hom kwaad word nie?

Clarence slaan hard op die tafelblad en almal kyk na hom. Tot Maura se verbasing bulder hy: "John is hier omdat ék gesê het hy kan hier inwoon, en ék is baas van dié huis. John en Maura is bereid om te werk. Jy sal jou deel doen, Henry. Jou dae van in die huis sit en klets met jou moeder, is verby. Ons het werk om te doen, en om in die Britte se guns te bly."

Henry kyk verskrik na hom, sy onderlip uitgestoot

soos 'n stoute kind wat raas kry en net in trane wil uitbars.

Clarence gluur nou sy vrou aan. "En jý sal ook jou deel doen, my lui en gemaksugtige vrou. Jy sal brood bak in ons kombuis om aan die Britse kamp te voorsien. Kaptein De Vere het daarvoor gevra, en dit sal van môre af gedoen word. Sara en die ander vroue sal ook vir ons mans en Maura moet help. Hulle kan nie heeltyd net vir jou gelukkig hou nie. Ons sal ook offisiere onthaal, en jy sal sorg dat die kos voortreflik is."

Eileen is rooi in die gesig en haar onderlip bewe. "Ek het nog altyd gesorg dat alles wat jy eet en geniet, voortreflik is, Clarence."

"Nee. Jy het bloot bevele gegee. Nou sal jy ook uit jou gemakstoel opstaan en met jou hande werk. Die maklike dae is vir eers verby. Almal moet vingertrek. Môre neem ons die eerste besending vleis na Pretoria."

Maura en Ngafane se vrou Tenjwa het koeie gemelk omdat die mans met die beeste werk en slagdiere uitkeer. Maura het vreeslik gesukkel met die spene en nie die helfte soveel soos Tenjwa gemelk gekry nie. Sy sal moet verbeter. Dis nie werk wat sy ooit voorheen gedoen het nie.

Die twee van hulle laai twee kanne melk met 'n groot gesukkel op die klein muilwaentjie. Maura, wat permitte het om in en uit Pretoria te beweeg, gaan die kanne by Lenie-hulle aflaai. Toe sy verby die Kakies se kamp ry, lyk dit besig. Tente is in netjiese rye, troepe is bedrywig en perde word versorg. Drie offisiere is bevoorreg om in die kothuis te woon terwyl die gewone manskappe in die tente moet bly, en snags is dit baie koud. Kaptein De Vere is een van die bevoorregtes. Skaam hy hom nie om so gemaksugtig te wees nie?

Sy hoor iemand roep en kyk om. Ag nee. Dit is sowaar hy wat aangestap kom.

"Waarheen gaan jy, Miss Cloete?" vra hy.

"Ek gaan melk in die dorp verkoop. Moet ek eers jou toestemming vra om dorp toe te gaan?"

Sy is warm van woede en wil ry, maar hy is nou by haar en sit sy hand op die muil se nek. "Is jy deesdae 'n milkmaid?" spot hy.

Sy wens sy kan hom met die sweep slaan, maar sy byt op haar tande. "Ja, dis wat ek is. Ek gaan melk aan mense lewer om te keer dat hulle honger ly. Of moet ek liewer in ons kombuis werk om vir jou troepe brood te bak?"

Hy grinnik asof hy lekkerkry. "Elkeen het seker sy of haar pligte. Of doen jy dit om 'n verskoning te hê om na Pretoria te gaan?"

"Hierdie is 'n plaas wat verskillende goed produseer, Kaptein," snou sy hom toe. "Elkeen van ons doen sy of haar deel om te sorg dat julle ook eet."

Sy klap die leisels en roep na die muil wat begin aanstap. Die kaptein staan terug en sy dink sy hoor hom lag. Die nare vent. Hy voel natuurlik soos 'n veroweraar. 'n Regte boelie.

Dit is darem lekker om weg te kom van die huis af, maar sy dink heeltyd aan John. Hy en Henry is douvoordag saam met haar vader uit die huis en sy het hulle glad nie gesien nie. Hulle sal nie meer soos voorheen rustig om die ontbyttafel kan sit nie, het haar vader gesê.

Daar is darem die vooruitsig dat sy John weer sal sien. Vanaand. Sy sal die ure tel.

Die pad loop verby Britse kampe, maar sy kyk stip voor haar en konsentreer op die pad en om die muil aan te dryf. Oral is doringdrade wat versperrings vorm. Sy kom by 'n wagpos waar sy deur twee gewapende soldate voorgekeer word.

"Ek het 'n permit om in en uit te gaan," sê sy gemaak vriendelik, en toon haar dokumente.

Die een soldaat is jonk en hy kyk haar voorbarig op en af. Sy kyk hom kil in die oë en hou haar braaf. Hy neem lank om haar permit te bestudeer. Die ander een bekyk die muilwaentjie van voor tot agter en bo na onder asof hy wil seker maak dat sy niks insmokkel nie. Hy maak glad een van die kanne oop en ruik daaraan.

"Melk," sê hy.

"Wat anders sal dit wees?" vra sy. "Wapens?"

Hy frons, maar sê niks. Hulle laat haar deurgaan. Haar hart ruk behoorlik in haar bors van spanning. Sy ry al langs die Apiesrivier tot in die middedorp na Jacob Maréstraat. Oral is soldate, maar daar is ook mense wat loop of fietsry. Sy is verlig toe sy by die Krugers se hek kom. Theunsie kom aangehardloop en maak oop.

"Dis lekker om jou te sien, Morrie. Bring jy vir ons melk?"

"Ja, en room wat julle kan karring om botter te maak."

"Ry deur na die stal. Moeder en Lenie is daar met hulle broodjies."

Sy sien 'n aantal bedremmelde vroue toustaan. Agter 'n tafel met broodjies op, staan die altyd elegante en deftige tant Huibrecht in 'n eenvoudige blou rok met 'n voorskoot aan. Lenie het ook 'n voorskoot aan en lyk asof sy geld tel.

"Hallo," roep Lenie, en waai na haar.

"Ek bring vir julle melk en room om botter te karring," roep Maura terug. "Ek gaan van nou af gereeld melk dorp toe bring."

"Jy's 'n engel," sê tant Huibrecht. "Ons koei is mos lankal weggevat. Ons het nie meer melk en botter nie."

Hulle laai een kan af en die vroue wat vir die brood wag, kom nader.

"Kan ek ook 'n kommetjie melk kry?" vra een.

"Ja, dit sal julle 'n pennie kos," antwoord tant Huibrecht. "En môre verkoop ons botter ook. Ons sal vanaand karring."

Nadat alles verkoop is en die melk in die koelkamer ingedra is, tel Lenie en haar moeder die geld. "Ai, die mense is arm en behoeftig," sê tant Huibrecht. "Ek kry hulle regtig jammer. Maar ons moet ook lewe en ons maak dit vir hulle so goedkoop moontlik. Die klomp Engelse vreet alles in die dorp op. Hulle is soos sprinkane wat 'n landery binnevlieg en niks oor los nie. Ons maak ook 'n groter groentetuin en jy moet sien hoe hard werk Theunsie. Sy hande staan vir niks verkeerd nie. Ons sal vrugte ook inlê. So sal ons aan die lewe bly en aan ander kan voorsien. Ons mansmense is nou weg saam met Louis Botha, en ons moet self sien kom klaar."

Hulle gaan huis toe om flou tee te drink, maar darem met melk. Maura sien hulle is bra suinig met die suiker en sy wys die suikerpot beleefd van die hand.

"Watse nuus het jy?" vra Lenie. "Julle ken seker nie sulke tekorte op die plase nie."

"Nee, dit gaan nog goed. Maar kaptein De Vere en sy scout corps is op Doornbosch gestasioneer en ons moet hulle voed."

Lenie gaap haar oopmond aan. "Wat?! Daardie offisier in die hospitaal? Die aantreklike een?"

Haar moeder kyk só ergerlik na haar dat Maura vinnig sê: "Ja, einste hy. Ons het wagte by ons hek en moet permitte wys. Oral moet 'n mens permitte wys. Ons moet vir hulle brood bak en vars goed gee en Vader, John en Henry werk om vleis te voorsien."

"Aan die Engelse?" sê tant Huibrecht verontwaardig.

"Ja, Tante. Ek sal vir julle ook vleis bring. John het 'n plan. Hy reken dat ons op dié manier makliker in en uit die dorp kan beweeg en sodoende sal hy die Engelse leer ken. Hulle sal hom leer vertrou. Op dié manier kan hy inligting kry wat vir ons Boere nuttig kan wees. Julle moet asseblief vir niemand hiervan vertel nie."

Maura wil hê hulle moet verstaan dat John nie 'n oorloper is soos haar stiefbroer en stiefvader nie.

Moeder en dogter kyk na mekaar, en toe na Maura. "Sê net waar ons kan help, indien moontlik," sê tant Huibrecht. "Dis baie gevaarlik om op die Engelse te spioeneer. Om ons is vyande en hensoppers wat stories aandra en mense soos ons dophou."

❦ SEWENTIEN ❦

Ten volle geklee lê Maura op haar bed. Ná ete het John, haar vader, Henry, kaptein De Vere en een van sy medeoffisiere na die biljartkamer gegaan waar hulle nog heelaand biljart speel. Kaptein De Vere het 'n bottel whisky gebring en hulle geniet daarvan. Kort-kort gaan luister sy in die gang en hoor die mans lag en gesels asof hulle groot vriende is en alles normaal.

Sy het John slegs aan tafel gesien en kon nie eens met hom praat nie. Sal dit heeltyd só gaan? Sy is gefrustreerd.

Uiteindelik hoor sy dat hulle klaar moet wees, en dat die offisiere afskeid neem. Sy wag totdat die huis stil is en almal na hul kamers gegaan het. Toe neem sy 'n kers en sluip by die toring se trappe op. Saggies klop sy aan die deur. John maak nie oop nie. Sy klop weer. Haar hart is in haar keel. Dis vreeslik voorbarig van haar om in die nag na sy kamer te kom, maar sy kan net nie langer wag om hom te sien nie.

Die deur gaan oop. Hy staan daar ten volle geklee. Kyk verbaas na haar. Trek haar vinnig in en maak die deur toe. "Jy vat 'n kans om hierheen te kom. Wat as iemand jou sien?"

"Ek moet weet hoe dit met jou gaan."

Hy vat die kers by haar en sit dit op die tafel langs die lamp wat brand. Draai dan om en neem haar in sy arms. Sy leun teen hom, teen sy bors, adem sy geur in en geniet die krag wat sy onder haar hande voel. Die oorlog het waarlik van hom 'n man gemaak. Sy wil omtrent smelt toe sy lippe op hare neerkom en haar mond verken.

Hy trek weg, druk haar kop teen sy bors. "Jy moet baie versigtig wees, Maura. Kaptein De Vere vra gans te veel vrae. Hy stel te veel in jou doen en late belang. Het hy ooit probeer om jou … om té vriendelik te raak met jou?"

Sy kyk op. "Nie regtig nie, maar ek is versigtig vir hom. Daar is iets brutaal omtrent hom. Hy maak my bang, en ek skrik nie gewoonlik vir mans nie."

Hy lag saggies. "Nee, ek dink jy kan nogal jou man staan. Maar as ek moet hoor iemand probeer iets on-behoorliks met jou, draai ek sy nek om."

Sy soen sy skoon geskeerde ken. "Dankie, my be-skermer," terg sy.

Hy gaan sit op 'n stoel en trek haar af om op sy skoot te sit. Sy lê teen sy skouer en geniet elke oom-blik.

"Ek kan nou sien hoe die Engelse troepe gesta-sioneer is en wat in en om die dorp aangaan," sê hy. "Ek moet die inligting by die kommando's kry. Gene-raal Botha het my die opdrag gegee om spioene te werf wat by die dorp kan in- en uitgaan, wat inligting kan bring en noodsaaklike dinge soos medisyne kan uitsmokkel. Dit gaan my die volgende ruk baie besig hou. Ek dink nie ek sal veel slaap kry nie."

"Ek sal jou help en die Krugers sal jou ook help," sê sy gretig.

Hy soen haar. "Ek het geweet ek kan op julle staatmaak. Jopie sal ook help. Hy werk deesdae by sy oom se winkel in Kerkstraat en hy kan goed verskaf wat ons kan uitsmokkel. Die burgers het 'n tekort aan alles. Hy het ook 'n vriend wat by Raworths Apteek werk en wat medisyne kan smokkel. Jopie is 'n groot aanwins omdat hy soveel mense ken. Boonop ken hy Pretoria só goed dat hy ontsnaproetes kan uitwerk."

"Dis opwindend."

"Ja, maar dis ook lewensgevaarlik. Ons word dopgehou deur die Kakies en ek moet maak asof ek vriende is met hulle. Gelukkig vertrou hulle oom Clarence. Die een offisier, luitenant Wilson, is glo groot maatjies met Henry. Dis alles net om inligting te kry. Henry is so gevlei en so dom, hy val daarvoor." Hy tik teen haar wang. "Jy kan niemand vertrou nie, behalwe vir my."

Sy sit haar arms om sy nek en soen hom. "Ek sal enigiets vir jou doen."

"Enigiets?" terg hy.

"Wel … amper."

Hy lag saggies. "Ek sal niks vat wat jy nie bereid is om te gee nie." Hy raak ernstig. "Ek wil jou nie in gevaar stel nie, Maura, want ek is lief vir jou."

Haar hart sing behoorlik. "Ek is lief vir jou ook, John."

Hy druk en soen haar, maar toe laat hy haar opstaan, gee haar kers en lei haar na die deur. "Dis veiliger as jy nou gaan. Moenie dat enigiemand uitvind jy kom na my toe nie. Ek kan lekker van hier bo af dinge bespied, maar ek weet ek word dopgehou. De Vere het reguit gevra of daar iets tussen my en jou is, en toe vertel ek hom nee, ons is verwant. Hy stel te veel in jou belang en is natuurlik jaloers."

Sy ril. "Hy gee my die bewerasies."

"Pasop vir hom, én vir jou broer. Ons moet ons liefde geheim hou, vir nou. Dit sal moeilik wees, maar ons moet probeer."

"Ek sal hard probeer toneelspeel." Hoe gaan sy dit regkry om onbetrokke voor te kom as hy lig in haar lewe bring en alles verlig wanneer hy verskyn? Elke keer as sy hom sien, dreun haar hart; verlang sy na sy aanraking. Sy is vasgevang in dié verknogtheid soos 'n vliegie in 'n web.

Hy soen haar weer, en laat haar by die deur uitglip in die stil donker huis in.

Hy gee haar nie net moed nie, maar 'n doel in die lewe.

Vir 'n week lank gaan dinge goed en Maura en John steel kosbare tydjies om bymekaar te wees.

Een laatmiddag staan Maura in die stal by haar perd. Sy vermoed die enigste rede waarom hulle nog vier perde kon behou, is omdat haar vader met die Kakies saamwerk en kos voorsien. John het aangekom met 'n groot bruin perd wat hy glo gebuit het nadat die pragtige Fleur dood is. In die stal langs haar merrie is haar pa se hings wat hy nooit meer ry nie, en langs hom is Henry se skimmel. Sy streel oor haar merrie se fluweelsagte neus en wil net met haar praat, toe sy stemme hoor. Sy loer oor die afskorting en sien Henry

en luitenant Wilson inkom. Instink laat haar afsak so-
dat hulle haar nie moet sien nie.

"He's not a Transvaal burgher, he came from the
Cape Colony shortly before the war," hoor sy Henry
sê.

Koue vlae skiet deur Maura se lyf. Hy skinder mos
nou van niemand anders as John nie! Hy kan John
nie verdra nie en is boonop jaloers op hom.

"It's treason for a British subject to fight on Boer
side," antwoord luitenant Wilson. "We shall have to
apprehend him. He's probably a spy. Captain De Vere
has been very suspicious of him."

Maura is so woedend vir haar stiefbroer, sy kners
op haar tande; wens sy kan hom met die sweep by-
dam. Die gemene verraaier!

Die twee mans loop uit en nou kan sy nie meer
hoor wat hulle praat nie. Haar lyf begin bewe. John
is in lewensgevaar. Sy het al gehoor hulle stel soge-
naamde Kaapse rebelle tereg. Sy moet John gaan
waarsku, so gou moontlik. Die skemer daal en hulle
sal saam aandete geniet.

Hoe gou sal die Kakies kom om hom gevange te
neem?

Sy sluip huis toe. Dit is 'n uur voor aandete wan-
neer almal soos gebruiklik verklee. Sy haas by die to-
ring op. Met 'n hart wat uit haar keel wil spring van
benoudheid, klop sy saggies aan die deur. John maak
oop, halfpad aangetrek en nog sonder sy boordjie aan.

"John, jy's in gevaar!" fluister sy dringend.

"Wat op aarde …?" Hy frons en trek haar binnetoe.
Maak die deur agter hulle toe.

Sy hou aan hom vas. "Ek het in die stal gehoor

daardie klein misbaksel van 'n Henry vertel vir luite-
nant Wilson jy's 'n Kolonialer. Hulle dink jy is 'n spioen.
Toe sê luitenant Wilson hulle moet jou gevange neem.
Jy moet vlug, John. Ek sal jou help."

John se gesig word wit en strak. "Dan moet ek
dadelik wegkom."

"Hoe gaan jy dit regkry? Daar is wagte oral."

Hy glimlag wrang. "My lief, ek is 'n verkenner wat
weet hoe om ongesiens rond te sluip. Eendag sal ek
jou vertel wat ek by Paardeberg moes doen. Ek gaan
goed pak, 'n perd vat en na die ooste gaan waar die
Boeremagte is. Dankie dat jy my kom waarsku het.
Gaan nou, voordat iemand jou sien."

"Ek sal vir jou 'n sak kos kry en dit in die stal gaan
sit."

"Nee, gaan verklee vir aandete. Hulle sal agter-
dogtig raak as jy nie normaal optree nie."

Hulle omhels en soen vurig. Hy moet haar van hom
af wegdruk, so klou sy aan hom. "John, neem Henry se
skimmel. Dis ons beste perd. Laat dit sy straf wees oor
hy jou verraai het."

Hy grinnik. "Goed. Dit sal nie die eerste keer wees
wat ek 'n perd buit nie."

"Ek sal bid dat jy veilig wegkom."

Sy sluk haar trane toe sy by die trappe afgaan. Hy
kan mos nie honger weggaan nie. Sy gaan kombuis
toe. Sara is daar besig, maar sy ignoreer haar, kry 'n
meelsak en stop dit vol brood, biltong en vrugte.

"Wat doen Miss Maura?" vra Sara.

Maura kyk haar ergerlik aan. "Ek gaan hierdie goed
saamneem as ek môre dorp toe gaan. Maar waarom
vra jy? Moet ek jou toestemming kry om kos te vat?"

Sara lyk verleë. "Nee, ek vra sommer …"

Maura gee haar 'n vuil kyk en loop na buite. Sy gaan na die stal en is verstom om John reeds daar met 'n saalsak te sien, besig om Henry se skimmel op te saal. "Jy's vinnig. Ek het vir jou kos gebring."

Hy druk haar teen hom vas en soen haar. "Ek het geleer om nooit tyd te mors nie. Dankie vir die kos; jy's stout, maar dierbaar."

Haar trane loop. Sy kan dit nie keer nie. "Wanneer sien ek jou weer?"

"Ek sál jou weer sien, dit belowe ek, al weet ek nie wanneer nie. Moenie huil nie, jou mense sal dit agterkom."

Hy soen haar weer, 'n lang soen. Toe pak hy die perd vinnig. "Dis nou donker en dis etenstyd. Die wagte is nie dan so wakker nie. Daar's 'n ou wilger by die spruit in die volgende laagte. As jy enige boodskappe wil stuur, gaan sit dit daar, in die holte in die boomstam. Dis hoe ek tot dusver met die kommando's gekommunikeer het. Maar maak seker dat niemand iets agterkom nie."

Hy lei die perd uit, kyk rond, en verdwyn die donkerte in. Hoe kry hy dit reg om so maklik en vinnig weg te raak?

Maura sluip terug na die huis. Nou moet sy baie gou vir aandete verklee, anders gee sy alles weg.

Die ander is al daar toe sy inloop.

"Laat kom vir ete is nie aanvaarbaar nie," sê Eileen suur. "Waar is daardie John?"

"Hoe moet ek weet?" vra Maura sarkasties. "Is ek sy hoeder?"

"Jy's mos mal oor hom," antwoord Henry snedig.

"Los dadelik julle gekyf," raas Clarence. "Kom ons eet. Die kos word koud."

Maura is gespanne tydens die ete en kan skaars haar kos sluk. Henry hou haar deurentyd agterdogtig dop; asof hy iets vermoed. Sy gee hom haar vuilste kyk en maak verder asof niks haar traak nie. Dit verg uiterste inspanning om so toneel te speel as haar hart wil breek. Op daardie oomblik haat sy haar stief-broer. Haar hart pyn behoorlik.

John is op die vlug, en wanneer sien sy hom weer? Sal hy veilig wegkom? Wat as hulle hom vang, en hom wel teregstel? Sy wil in trane uitbars as sy daaraan dink. Hy is die dapperste, die mooiste en die kos-baarste man in die wêreld.

Here, wees hom tog genadig, bid sy in haar hart.

Sy slaap die nag rusteloos en sleg. Luister heeltyd vir geluide. Toe sy die volgende oggend vroeg uit haar kamer kom, hoor sy stemme by die voordeur en loop soontoe. Daar is 'n kontingent gewapende Engelse soldate, en by hulle is luitenant Wilson en kaptein De Vere. Hulle praat met haar geskokte vader.

Hulle het gekom om John in hegtenis te neem! Hy het net betyds weggekom.

"We should search the house," sê kaptein De Vere streng, sy gesig rooi, sy bakarmhouding dié van 'n breker.

"Wat gaan aan?" hou sy haar onskuldig.

Haar vader is so bleek soos 'n laken. "Hulle dink John is 'n Koloniale spioen en hulle wil hom in hegte-nis neem."

"Ag, twak," protesteer sy. "Hy's 'n Transvaalse burger en geen spioen nie."

Henry kom in die gang aangedraf. "Hy's nie in sy kamer nie."

Maura gee hom 'n hatige kyk. Misbaksel, vir hóm gaan sy nog terugkry vir sy verraad, dink sy woedend.

Nou is haar moeder ook by. "Ek het sommer geweet daardie John is 'n skelm. Ek kon hom nooit verdra nie."

"Hy is my neef se seun en daarom het ek die fout gemaak om hom te vertrou," verontskuldig Clarence homself. Hy kyk moedeloos na kaptein De Vere. "Julle kan die plek met plesier deursoek. Ons het geen idee wat van hom geword het nie."

Maura is nou vir haar hele gesin kwaad.

Die soldate soek John oral, in elke vertrek. Kyk selfs in al die kaste en onder die beddens. Maura loop agter hulle aan en kners op haar tande. "Don't you dare break anything," waarsku sy kaptein De Vere kil.

Hy gluur haar aan. "Dis baie verdag dat hy so skielik verdwyn het."

Sy reageer verontwaardig om haar angs te verberg. "Hy het lekker hier gebly, en sommer net verdwyn sonder om eers dankie te sê! Dis laakbaar van hom."

Die kaptein roep sy manne. "It seems the bird has flown. Ons moes hom in die nag kom haal het, nou moet ons hom gaan soek."

Maura steek haar verligting agter 'n suur gesig weg. Bid sonder ophou dat die man wat sy liefhet die kommando's veilig sal bereik.

Sy kyk hoe die soldate uitwaaier om die huis, en ook die buitegeboue en stalle deursoek.

Henry kom aangehardloop. Sy gesig is rooi en hy lyk asof hy huil. "Daardie wetter het my perd gevat!" Hy vloek en skel. Kla by kaptein De Vere. "Ek hoop julle kry hom, die verdomde dief."

Maura sien die skok op haar vader se gesig, en sy kry 'n begeerte om histeries aan die lag te gaan.

Met moeite hou sy haar in.

❧ AGTIEN ❧

Later daardie dag kom kaptein De Vere weer na die huis toe. Maura word koud van skrik toe sy hom by die voordeur groet. Vandag lyk hy groter en meer dreigend as gewoonlik. Gaan hy nou vir hulle vertel sy troepe het John gevang?

Sy hou haar egter koel en kalm en nooi hom in. Haar moeder wat in die voorkamer sit en 'n lap bordduur, groet hom soos 'n ou vriend.

"Goeiedag, Kaptein, jy's net betyds vir tee," koer Eileen.

Kyk nou net hoe kruip sy voor die man, dink Maura met minagting. So bang hy doen iets wat haar gerieflike bestaan bedreig. Sy gaan roep haar vader in sy kamer. "Julle groot vriend, die kaptein, het kom kuier."

Haar vader vat sy kierie en volg haar. In die gang fluister hy: "Jy moenie daardie man onnodig kwaad maak nie, Maura. Hy kan ons baie skade berokken."

Sy draai haar rug op hom. Haar hart fladder in haar bors soos 'n benoude voël wat uit 'n hok wil ontsnap, maar sy byt op haar tande en loop oënskynlik luiters by die voorkamer in.

Sy is skoon gewalg toe haar vader stroperig vra: "To what do we owe the pleasure of your company this morning, Sir?"

Die kaptein antwoord smalend: "I'm afraid we've been called away."

Hoor sy reg? Haar onmiddellike reaksie is blydskap wat sy moet wegsteek.

Die kaptein kyk na haar met sy deurdringende turkoois oë, soos hy altyd in die hospitaal gemaak het. Asof hy iets by haar soek, of verwag dat sy aan hom 'n geheim moet verklap. Daardie priemende blik het almal ongemaklik gehad.

"Vere's Scouts moet vertrek. Die Boere weet nie wanneer hulle verslaan is nie. Hulle veg nou oos van Pretoria, al langs die Delagoabaai-spoorlyn, wat hulle kort-kort opblaas. Ons moet gaan verken en help. Hulle val aan, val terug en kruip weg. Ons voer nou 'n ander soort oorlog teen desperate mense."

"Wanneer moet julle vertrek?" vra sy en kyk hom kastig met groot oë aan.

"Môre is alles opgepak, dan beweeg ons uit." Hy glimlag suur. "Ek kom dankie sê vir julle gasvryheid. Miskien kan ek weer eendag hier kom inval as alles goed verloop en daardie Boere uiteindelik 'n les geleer is."

"Jy sal altyd welkom wees, Kaptein," sê haar vader só vroom dat Maura behoorlik 'n kramp in haar maag kry.

John bereik die wilgerboom waarvan hy Maura vertel het. Dit is volmaan en hy kan darem om hom sien. Hy voel met sy hand in die hol boomstam. Ja. Soos hy verwag het, is daar 'n boodskap, opgerol in 'n stuk beesvel. Hy haal dit uit. Dis te donker om uit te maak wat daar staan, en hy wil nie lig maak wat van ver gesien kan word nie.

Hy is honger en verslind van die brood en biltong wat Maura ingepak het. Dink met liefde aan haar. As hy haar sou vra om te help met goed smokkel, sal sy nie huiwer nie. Sy is die uitsonderlikste vrou wat hy nog ooit ontmoet het.

Hy bestyg die skimmelperd en trek op 'n drafstap weg; lag hardop terwyl hy dink wat Henry se reaksie sal wees wanneer hy ontdek dat sy spogperd weg is. Dalk huil hy snot en trane. Henry huil maklik, soos 'n vrou. Watter lafhartige vabond is hy nie.

"Henry Cloete, jy verdien enige teenspoed wat na jou kant toe kom," sê hy hardop.

Hy ry noordwes en toe die sonsopkoms die eerste lig bring, stop hy in 'n ruigte en lees die boodskap.

Lord Roberts het ons nie verslaan by Donkerhoek nie en die kommando's het meesal teruggeval ooste toe. Hy het duisende troepe gestuur om die TVK vas te trek en ons is gedurig aan die beweeg. President Kruger het verder oos gevlug na Waterval-Onder en sal oor die grens na Mosambiek gaan. Generaal Buller het aangesluit by Lord Roberts en hulle is besig met 'n oostelike offensief.

Jy moet asseblief vir ons die treinrooster in die hande kry. Dit bevat die amptelike inligting oor militêre treine en troepbeweging, proviand en ammunisie. Die treine is ook gelaai met klere en alles wat hulle nodig het. Ons kan dit aanval en groot buit kry vir ons mense wat tekorte aan alles het. Piet de Jager is by die Schurvebergen wes van Pretoria en hy sal op 10 Oktober by meneer X wees om dit op te tel.

John frons toe hy dit lees. Sy planne is omvergegooi deur sy amperse inhegtenisneming. Hy kan nie nou meer so maklik by Pretoria ingaan en met Jopie kommuni- keer nie. Dis weer sluip en kruip deur Engelse linies en kampe, doringdraad en dongas. En hoop niemand sien hom raak en skiet hom nie. Al wat hom nou te doen staan, is om met 'n wye draai na die Schurvebergen te gaan waar Piet de Jager is. Hy sal self by Pretoria moet in om by Jopie, alias meneer X, uit te kom. Jopie het kon- takte oral, en as een mens daardie rooster in die hande kan kry, is dit hy. Hulle werk baie goed saam.

Dis nog vroeg, die voëls is skaars wakker, en vries- koud. Om hom is die gras wit geryp, maar hy is al amper 'n jaar lank gewoond daaraan om met sulke ongerief saam te leef. Bevrore hande en voete, en die verligting as die son warm opkom en die koue verdryf, beleef hy al lank.

Hy druk sy hakke in die perd se lieste en kry spoed.

By die Boere se kamp by die Schurvebergen is 'n paar tente, maar meesal kamp hulle in die oopte onder doringbome of onder bergkranse. Hy lei sy perd na- der en nuuskierige gesigte verskyn van oral om hom te betrag. 'n Man keer hom voor, geweer gerig op sy bors. "Halt! Wie is jy en wat soek jy hier?"

"Ek is John Cloete van Theron se verkenners en ek kom soek vir Piet de Jager."

"Goed. Volg my."

By drie maer perde kniehalter John die skimmel en loop agter die man aan. Klim oor klippe. Hulle kry Piet waar hy op 'n groot klip sit en met 'n verkyker oor die vlakte tuur.

"Dagsê, Piet," roep John.

Piet kyk om en lag. "John! Wat doen jy hier, my maat? Tag, ek's bly om jóú te sien. Dit gaan maar rof deesdae."

"Julle sit hier soos dassies op 'n klipkoppie."

"Sowaar, nè. Is jy hierheen gestuur?"

"Ja, ek het 'n boodskap gekry oor iets wat ons moet doen. Ek sal jou nog die hele storie vertel."

"John, waar val jy uit, my vriend?" hoor hy 'n bekende stem agter hom.

"Hans Potgieter, jou ou vabond! Hier is jý wragtig ook. Ek herken jou skaars."

"'n Hele klompie van die Pretoria Kommando is hier, maar die res is ooswaarts saam met generaal Botha."

"Is Lenie se broers ook hier?"

"Nee, hulle is ooste toe."

Hulle omhels soos broers wat na mekaar verlang het. John is verbaas om te sien hoe anders sy vriend nou lyk. Hans is nie meer die netjiese bleek mannetjie van voor die oorlog nie. Sy klere is nogal verflenter, sy hare redelik lank en sonder die pommade van weleer. Hy is bruingebrand en sy skouers lyk selfs breër.

"Ons doen ons bes om te veg, maar ons het min voorrade, en kyk hoe sleg lyk ons klere." Hans wys die skeure in sy broek en baadjie en sy geskifte skoene. "Maar jy lyk spiekeries met jou netjiese klere en mooi perd. Ek kon my oë nie glo toe ek sien hier kom so iemand aangery nie. Waar was jy die hele tyd?"

John beduie dat hulle drie 'n entjie weg moet stap. Toe laat hy hulle hurk en vertel. "Tot dusver was ek op Doornbosch en kon lekker van daar af spioeneer.

My oom Clarence is mos neutraal en ons kon by die dorp in en uit. Dit was baie nuttig en ek kon heelwat inligting kry om aan te stuur, maar daar was Kakie-verkenners op die plaas gestasioneer en my kleinneef het my aan hulle verraai. Ek moes holderstebolder vlug."

"So 'n klein swernoot," sê Hans bars. "Daai Henry Cloete was altoos 'n papbroek en verneuker."

"Ek het opdrag gekry om die Delagoabaai-trein-rooster in die hande kry sodat ons kan sien hoe die troepe uitgestuur word. Op die treine is militêre toe-rusting, klere, ammunisie en wapens. Ons mense het dit nodig. Piet is veronderstel om op 10 Oktober by Jopie te wees om dit op te tel. Hy's ons meneer X, ons baasspioen in Pretoria. Ek kon toe nie self by Jopie uit-kom en hom vra om die rooster te kry nie. Alles het verander. Ek sal nou soos by Paardeberg in die nag by Pretoria moet insluip."

"Ek kom natuurlik saam," sê Piet.

"Ek ook," sê Hans. "Ek ken die dorp soos die palm van my hand. Daar is glo ander manne buiten Jopie wat in- en uitgaan; mense soos tant Drienie Joubert help hulle. As ek saamgaan, sal julle veiliger wees."

Fronsend kyk John na hom. "Dis 'n groot waagstuk, my vriend. Vang hulle ons, is dit doodsake."

Hans knik. "Ek weet, maar ek gaan nie hier op my gat sit terwyl daar iets belangrik is waarmee ek kan help nie. Buitendien kan julle my vertrou. Ek is geen-sins van plan om te hensop nie."

John druk sy skouer. "Dankie, ek vertrou jou met my lewe."

Dit is kort ná middernag toe die drie aan die weste-kant van die dorp naby die gestig vir geestelikver-steurdes verby Britse wagte en onderdeur doring-draad kruip. Hulle sluip deur diep skaduwees, deur tuine, al met die Apiesrivier langs tot naby Jopie Tal-jaard se huis in Sunnyside.

Dit is van die senutergendste ure wat John sedert die begin van die oorlog beleef het. Oral is wagte. Hans ken die pad en is gewillig, maar hy beseer sy linkerbeen in 'n sprong van die rivierwal af en kan nie te vinnig beweeg nie. John en Piet moet hom help en ondersteun. John hoor hoe sy vriend op sy tande kners van die pyn.

"Amper daar," kreun Hans.

Die huis naby die rivier se tuin is ruig en dit is donker, maar hulle kan sien kerslig brand in een van die vertrekke.

"Toe ek en Jopie nog tjokkers was en uit die huis geglip het om te gaan kwajongstreke aanvang, het ons mekaar soos voëls geroep," fluister Hans. "Ons was uile en het 'n wagwoord gehad."

Hy maak sy hande bak voor sy mond en boots die geluid van 'n naguil na. Hulle wag 'n senutergende ruk voordat 'n ander uil antwoord.

"Dis Jopie daai," sê Hans, kortasem van die span-ning.

'n Donker figuur verskyn tussen die vrugtebome.

"Soetskeel Sarie!" roep Hans saggies.

"Soetskeel Sarie!" kom die antwoord.

John wil lag. Hulle is soos seuns wat 'n speletjie speel, maar nou is dit ernstige speletjies met lewens in gedrang.

Jopie wink en hulle sluip agter hom aan, die huis binne. Dit is stikdonker, behalwe vir die lig van die enkele kers wat Jopie in die portaal gelos het. "Wie's julle?" fluister hy en lig in hulle gesigte.

"John, Hans en Piet de Jager van die verkenners," fluister John.

Jopie uiter 'n kragwoord. "Wat? John? Hans? My dolle magtag!" Hy omhels hulle. "Julle is seker moeg en honger, en vuil natuurlik, as julle oral moet inkruip."

"Ek vrek al dae lank van die honger," fluister Hans. "Én ek het my been seergemaak."

"Kom na die kombuis. Daar's brood en oorskietvleis van gisteraand. Dis nog vleis wat Maura vir tant Huibrecht gebring het van die plaas af en ons het daarvan gekry."

John se hart slaan behoorlik bollemakiesie toe hy Maura se naam hoor. "Hoe gaan dit met haar?"

"Wie? Maura? Mooi en moedig soos altyd. Sy het my vertel wat die nare klein vloek van 'n Henry aangevang het. Sy was so kwaad vir haar gesin, sy wou sommer weer in die dorp kom bly, maar besef toe dat sy dan nie kos en melk vir ons sal kan bring nie. Toe byt sy maar vas. Sy kom môre weer na tant Huibrecht toe."

"Ek móét haar sien," fluister John.

"Dan bring ek haar hierheen. Julle moet in ons solder wegkruip. My bure is altyd agterdogtig oor my doen en late en daar is militêre polisie wat heeltyd kastig kom kyk hoe dit hier gaan. Ek sal my moeder betyds waarsku sodat sy nie hartversaking van skrik kry as sy wakker word en vind haar huis is vol vreemde mans nie."

Jopie sit die kos voor. Om die kombuistafel eet die drie omtrent soos verhongerdes. John se hart sing. Hy gaan vir Maura sien! Watter heerlike, kosbare vooruitsig.

Hy sluk. "Jopie, ons is op 'n baie belangrike sending. Ons moet die Delagoabaai-treinrooster kry. Kan jy ons help?"

Jopie lyk eers oorbluf, maar toe knik hy. "Ek sal, dit belowe ek, maar dalk kry ek dit nie dadelik reg nie."

"Ons sal wag totdat jy dit het, want dis noodsaaklik," antwoord John.

"Ons het ander goed ook nodig," sê Hans. "Jy kan nie glo hoe ons sukkel nie. Ons het nie spykers vir hoefysters nie. Ons klere is flenters. Ons soek Europese en Koloniale koerante om te sien wat aangaan. Ons kort dringend medisyne. Ook ammunisie."

"Sjoe," sê Jopie. "Ek bring skryfgoed, dan maak julle vir my 'n lys. Tussen my en ander helpers in die dorp behoort ons julle van die meeste benodigdhede te kan voorsien. Die probleem is om dit uit die dorp gesmokkel te kry. Maar dit sal ons behoorlik beplan."

Hy kyk na John. "Dalk kan Maura help. Sy het nog laas boodskappe in een van haar melkkanne uitgesmokkel na waar jy glo gesê het boodskappe gelaat moet word."

John se hart swel van trots en liefde. Soos sy belowe het, bring sy haar kant.

❧ NEGENTIEN ❧

Maura is verbaas om Jopie Taljaard in die middel van die oggend by die Krugers te kry. Hy drink saam met hulle tee.

"Hallo, Jopie, werk jy nie meer by die winkel nie?"

"Ja, maar ek het 'n dag afgevat om belangrike sake te doen."

Hy het 'n geheimsinnige houding en sy wonder of hy weer boodskappe uitgesmokkel wil hê. "Ek het die melk gebring en sodra die kanne leeg is …" sê sy betekenisvol.

"Kom asseblief saam na my huis, mét jou kanne."

Wat op aarde gaan aan? Jopie, tant Huibrecht en Lenie lyk asof hulle iets in die mou voer.

Tant Huibrecht skink vir Maura tee. Jopie kyk hoe sy dit drink. Sit behoorlik op die punt van sy stoel. "Kan ons sommer dadelik gaan?" vra hy. "Jammer ek jaag jou so ongeskik aan, maar my tyd is ongelukkig beperk."

Maura vra nie vrae nie. Iets gaan aan en sy sal wel 'n verduideliking kry. Sy sluk haar laaste tee en sit die koppie op die skinkbord neer. "Kom dan, laat ons gaan."

Al vier van hulle loop na die stal waar Theunsie en die staljong besig is om die melk in hul eie kanne oor te gooi. Die muilwaentjie is gelukkig nog nie uit-gespan nie.

"Was gou die kanne," beveel tant Huibrecht.

Nou weet Maura daar is iets wat Jopie daarin wil smokkel. Onverwyld bring hy verskeie pakke in bruin-papier toegedraai, te voorskyn. Toe die kanne skoon is, pak hy dit vol. Almal staan en toekyk sonder om iets te sê. Hulle verstaan wat aangaan – hy het voorrade gekry vir die Boere.

Maar waarom wil hy dan hê dat sy dit van hier na sy huis neem, wonder Maura. Hy het nog nie voor-heen so 'n guns gevra nie.

Hulle groet en ry. Jopie sit langs haar soos 'n klein hondjie wat net wil spring en blaf.

"Nou kan jy my seker vertel wat aangaan?" vra sy.

"Daar is mans by my huis wat gisternag ingekom het. Ek moet verskeie goed vir hulle kry. Dankie dat jy my help. Ons moet net bid dat die Engelse ons nie voorkeer en in jou kanne kyk nie."

Maura wil nie wys hoe senuagtig dit haar maak nie. Gemaak luiters sê sy: "Ag, hulle is al gewoond aan die local milkmaid. Ek word al verwelkom as ek dorp toe kom."

"Dis oor jy so mooi en sjarmant is, en boonop kan hulle sien jy's 'n lady."

Sy lag en kyk na hom. Hy bloos bloedrooi tot in sy nek. Foeitog, hy bloos selfs meer as enige meisie wat sy ken.

Hulle ry by wagte en berede militêre polisie verby en gesels kastig vrolik. Maura is egter heeltyd hiper-bewus van die volgepakte kanne. As iemand hulle nou stop en aandring om daarin te kyk …

Nee, sy wil nie eens dink wat dan sal gebeur nie. Eerstens sal haar geloofwaardigheid as onskuldige milkmaid daarmee heen wees. Sy is só gespanne dat haar nek seer word.

Stadig blaas sy asem van verligting uit toe hulle uiteindelik ongehinderd by Jopie-hulle se hek indraai.

"Sjoe, ons is veilig," sê hy. "Ry agter om die huis tot voor die kombuisdeur."

Toe hulle stilhou, kom tant Anna met 'n fladde-rende rok by die deur uitgehaas. "Dankie tog, julle is hier! Ek het my morsdood bekommer. Dag, Maura, jou liewe kind. Dankie dat jy so dapper is. Jy's 'n staat-maker."

Maura klim van die muilwa af. "Môre, Tante. Nee wat, ek help graag."

Die drie van hulle sukkel die twee vol kanne by die agterdeur in. Jopie pak die goed uit wat hy ingeprop het. Dit lê die vloer vol.

"Nou kan ons seker 'n lekker koffietjie drink vir die senuwees," stel tant Anna voor.

Sy is 'n ronde vroutjie met 'n goedige gesig en grys bolla. In swart geklee omdat sy lankal 'n wedu-wee is. Maura weet sy is baie besorg en beskermend teenoor haar seun met die horrelvoet wat ten spyte van sy klein postuur, die hart van 'n reus het. Hy's só waagmoedig, dit gee haar seker baie kwellings.

"Moeder kan solank koffie maak, ek wil eers vir Maura iets wys."

Maura volg Jopie teen trappe op. Daar is 'n luik wat oopmaak na die solder. Nou is sy dubbeld nuus-kierig. Hy steek daar iets weg, dit besef sy. Hy maak die luik oop en klim deur; help haar dan boontoe. Sy nies van die stof en binne is dit skemerdonker met net 'n dowwe sonskynsel deur 'n soldervenstertjie.

In die hoek van die solder sit drie mense. Sy staar oorweldig en half verskrik na hulle. Boere. Mans van die kommando's.

Een van hulle staan op en kom nader. Hy is lank en moet buk om nie sy kop teen die dak te stamp nie. "Maura," sê hy.

Haar bene word lam en sy sak af op haar knieë. Skokgolwe trek deur haar lyf. Heerlike skokke. Nog nooit het haar hart só woes geklop nie.

"John! Is dit regtig jy?!" Haar stem kom in 'n fluistering uit.

"Dis ek, my lief."

Hy sak ook af op sy knieë en sy arms gaan om haar. Skaamteloos voor die ander druk en soen hy haar totdat sy omtrent duisel.

"Wat doen jy hier en hoe het jy hier gekom?" vra sy.

"Dis 'n lang storie. Ek sal jou alles vertel. Ons het belangrike voorrade en 'n treinrooster kom haal. Nou wag ons hier totdat Jopie alles in die hande gekry het."

Hy draai na die ander mans wat glimlaggend toekyk. "Maura, daardie boemelaar links is Hans Potgieter. Hy lyk nie meer soos die ou Hans nie. Die ander kêrel is Piet de Jager wat ook een van die Theronverkenners is."

Die mans skuifel nader en skud haar hand.

"Jy lyk regtig nie meer soos die ou Hans nie," lag sy. Sowaar, hy is amper aantreklik.

"Hierdie nooi is wragtig so mooi soos julle gesê het," sê Piet de Jager. "Dis 'n voorreg om met jou kennis te maak, juffrou Cloete."

"Maura, asseblief. Bly te kenne, Piet. Julle is ons helde."

Jopie grinnik vir haar. "Ek weet jy en John wil alleen wees, maar dis ongelukkig nie moontlik nie. Die manne moet hier wegkruip en durf nie uitkom nie. 'n Mens weet nooit wie lê op die loer nie. Jy kan so lank kuier soos jy wil, Maura. Ek gaan haal vir ons koffie en iets te ete."

John laat haar gemaklik teen hom sit. "Vertel ons alles wat met jou en die mense van Doornbosch gebeur, dan vertel ons jou wat ons gedoen het en nog moet doen."

Hulle gesels en Jopie sluit by hulle aan met koffie en broodjies, dik met perskekonfyt gesmeer. Hulle beplan en bespreek. Maura sit teen John en dink sy was nog nooit so gelukkig nie. Die eenvoudige konfytbroodjies smaak lekkerder as haar ouerhuis se deftige cuisine. Kort-kort soen John haar wang en druk haar styf teen hom vas.

"Ek wil nou nie jou geluk versteur nie, maar wanneer moet jy huis toe gaan?" vra Jopie haar. "Ons wil nie hê jy moet in die moeilikheid kom nie."

"Ek sal so moet ry dat ek voor donker by die huis aankom. Ek wens ek kon hier bly, maar dan wil almal weet wat van my geword het, en dit kan gevaarlik wees. Ek is jammer om dit te sê, maar my ouerhuis is 'n nes van verraaiers."

Hoe pynlik gaan dit nie wees om haar weer van John los te skeur nie! Sy gaan van voor af rasend wees van bekommernis oor sy veiligheid.

"Is julle seker dat julle veilig uit Pretoria sal kom?" vra sy benoud.

"Met Hans en Jopie en die hulp van hul geheime diens, sal ons veilig uitkom," paai John. "Ons verkenners is buitendien gewoond daaraan om die Kakies te fnuik."

Sy leun teen hom. Hierdie kosbare paar uur moet sy met hart en siel geniet.

Wie weet wat môre bring?

"Ek moet gaan," kondig Jopie met 'n sug aan. "Ek moet gaan werk maak van daai treinrooster."

"Ek hét dit."

Jopie oorhandig die rooster en John pomp sy hand. "Jou doring! Ek het geweet as iemand dit kan doen, is dit jý."

John vat die vaalbruin boek by hom en kyk na die rooi letters wat waarsku: *For the use of officers and officials only.*

Hy blaai daardeur. "Magtag, dis 'n skat dié. Dit verduidelik selfs wat verskillende sinjale en treinfluite beteken."

"Ons moet vannag uitkom," sê Piet.

Hulle trek almal verskillende lae klere aan, en versteek die pakkies wat klein opgemaak is sodat dit onopsigtelik maar maklik hanteerbaar is.

"Ek wens ons kon dit weer in Maura se melkkanne uitsmokkel," grap Hans. "Dis 'n meisie uit een stuk daai, ou John. Jy is gelukkig om haar te hê."

"Ja, ek is." Maar wanneer gaan hy haar weer sien? Indien ooit?

Hy mag nie grens soos 'n meisie nie, maar sy oë brand. As hy dink hoe Maura se oë in trane geswem het toe sy moes groet, wil sy hart breek. Die afskeid was swaar. En die bekommernis oor haar veiligheid is 'n swaar las op sy gemoed.

● TWINTIG ●

Maura gaan weer in dorp toe met twee kanne melk. Sy kan eenvoudig nie langer wag nie; sy móét weet wat van John-hulle geword het.

Eers eet sy ontbyt saam met haar gesin.

"Jy gaan darem dikwels dorp toe," sê Henry snedig. "Wat doen jy alles buiten melk aflewer?"

Sy eet haar eier op voordat sy haar verwerdig om te antwoord. "Ek doen minstens iets wat mense help. Mense in Pretoria ly al amper aan hongersnood. In elk geval, wat traak dit jou wat ek doen? Ek wil darem by my vriende ook kuier. Jý is allesbehalwe goeie geselskap. Dit raak eensaam hier op die plaas."

"Toe nou, julle twee," sê haar moeder moeg. "Hou tog op met stry sodat ons in vrede kan eet."

"Eet klaar; ons moet aan die werk kom, Henry," kom haar vader se stem soos 'n sweepslag oor die tafel. "Los jou suster uit. Ons het baie werk om te doen. Jy het mos netjies van John ontslae geraak, en hy het die hardste van almal gewerk. Nou veg hy seker weer, al het hy die Eed van Neutraliteit geneem."

Henry lyk dadelik opstandig, maar hy durf nie protesteer nie.

Maura staan eerste op. "Verskoon my, ek gaan nou dorp toe."

"Wag, ek het 'n lys goed wat jy moet saambring," sê haar moeder. "My garing raak op en ons moet koffie en suiker kry. Ander goed ook. Gaan haal vir my papier en potlood, dan skryf ek gou op."

Maura haas haar met die nogal lang lys na die stal waar Tenjwa reeds die muil ingespan het en by die twee kanne melk staan. Hulle laai dit op. Aanvanklik was dit vir Maura baie swaar, maar sy raak al gewoond aan swaar goed dra en dinge doen wat inspanning verg.

Sy klap die leisels en op 'n drafstap trek die muil weg. Dankie tog sy kan uit haar ouerhuis se giftige atmosfeer ontsnap. Sy en Henry sit meer vas as ooit tevore. Sy verag hom. Haar vader is heeltyd ongedurig. Hy moet mos vleis en vars produkte aan die Engelse verskaf en hy het min hande om te help. John, die raakvatter, is mos nou weg. Haar moeder kla ook deurentyd oor alles.

Dis lekker om die wind op haar gesig te voel en 'n goeie vooruitsig te hê. Heeltyd in haar agterkop knaag die bekommernis oor John egter soos 'n roofdier wat aan 'n karkas vreet.

Sy kry gelukkig plek om haar muilwa te parkeer, byna reg voor die winkel waar Jopie werk en waar sy altyd haar moeder se benodigdhede kom kry.

"Dagsê, dagsê," verwelkom hy haar toe sy inloop. Hy is altyd bly om haar te sien en vol grappies. Sy hou regtig baie van hom. Nou weet sy egter ook dat hy nie bloot 'n grapjas en winkelassistent is nie.

"Hier's my lys," sê sy hardop. Daar is ander mense in die winkel en sy kyk versigtig of hulle nie afluister nie. "Is John-hulle veilig?" fluister sy. "Ek het my byna dood bekommer."

"Ja." Hy kyk af na die lys. Draai die papier om en skryf met 'n potlood: *Ek sal jou pakkies na buite dra dan vertel ek jou iets.*

Hy kry haar benodigdhede bymekaar, maak al geselsend oor ditjies en datjies haar pakkies op. Sy moet wegsteek dat sy gespanne is en gesels vrolik saam. Hy loop saam met Maura uit na die muilwaentjie en sit die pakkies langs die kanne neer.

"Komende Saterdagnag gaan John-hulle die Kakies se perde buit daar by Skinner's Court. Hulle help die kommando's om dinge vir die Kakies warm te maak, maar hulle perde is swak en ondervoed. Daar is sterk, goed versorgde offisiersperde by Skinner's Court. Ek en my vriende bespied nog heeltyd die plek. John kom al Vrydagnag in met drie van sy manne; so ook Hans. As jy Saterdagoggend na Lenie gaan, sal jy hom kan sien."

Maura se hart klop onmiddellik soos 'n Afrikatrom. "Gaan hulle dan by Lenie-hulle bly?"

"Nee, by my. Maar hy gaan in die dorp rondloop om alles te bespied. Hy sal tienuur in die oggend by Lenie-hulle wees."

"Sommer so oop en bloot? Wat as hy gevang word?"

"Hy dra die uniform van 'n Engelse offisier. Dis vreeslik gevaarlik, maar hy het dit al voorheen gedoen en daarmee weggekom. Hy neem 'n groot risiko, om jou onthalwe. Hy wil nie hê jy moet weer hierheen kom as almal hier skuil nie. Enigiets kan gebeur, dan is jy ook in gevaar."

Maura kan haar trane nie beteuel nie. Jopie kyk simpatiek na haar. "Dis oorlog, Niggie. Wie nie waag nie, wen niks."

"Dankie dat jy my sê, Jopie, en dankie vir al jou hulp. Jy verdien 'n medalje."

Hy giggel. "Ag, ek probeer maar net my deel doen. Ek kan mos nie gaan veg nie. Nou veg ek maar op mý manier."

Op impuls soen sy hom op die wang en bestyg die waentjie. Sy kyk af. Hy staan oopmond met sy hand op die wang wat sy gesoen het, sy gesig skarlaken. Sy lag en jaag die muil aan.

Net voor tienuur daag Maura by die Krugers se huis op. Sy is die hele tyd in 'n opgeskerpte, gespanne toestand sedert sy vir Jopie gesien het. Vreesbevange, maar ook swewend verlief. Sy het weer die ure afgetel totdat sy John sal sien.

Sy het haar ook opgesmuk en hoop sy sal vir hom mooi lyk.

Soos gebruiklik kom Theunsie aangedraf om haar te verwelkom toe sy by die hek inry. "Morrie! Twee Kakies kuier by ons. Moenie skrik nie."

Sy lag. "Toemaar, ek weet van hulle. Jopie het my gewaarsku."

Sy haas haar na die huis, haar gesig gloeiend en met 'n hart wat hom nie wil gedra nie. Lenie maak die deur oop, haar gesig blosend en oë blink.

"Ek kom die Engelse offisiere bekyk," skerts Maura, maar sy dink haar oë blink netsoveel soos Lenie s'n.

In die voorkamer sit twee offisiere wat opstaan

toe sy inkom. Een is John, die ander een Hans. Hulle
is byna onherkenbaar. Sy fokus op John en die res van
die wêreld tol weg. Groot, manlik, met 'n breë glimlag
staan hy voor haar. Sy dink sy gaan flou word. Hy tree
vorentoe en gryp haar in sy arms; soen haar skaam-
teloos hartstogtelik voor die ander mense. Haar lyf en
hart sing behoorlik.

"Ek het só na jou verlang, my lief," fluister hy.

"En ek na jou! Ek was erg bekommerd, en hier
kom jy doodsveragtend in 'n Britse uniform kuier."

"Ek sal vir jou deur vuur en selfs deur die Britse
hoofkwartier loop," terg hy.

Sy kom agter die ander mense kyk glimlaggend
na hulle, en die hitte van verleentheid kruip teen haar
wange op. Maar John is hier, dit moet hulle tog ver-
staan.

Sy sit langs hom op die bank en hy hou haar teen
hom vas. Sy is in vervoering, maar nie so erg dat sy
nie oplet hoe Lenie na Hans kyk nie. Asof sy haar oë
nie kan glo nie. En Hans kyk terug asof hy nie sy oë
van Lenie kan afhou nie. Sy is blosend; hy lyk nogal
aantreklik in die Britse uniform.

Hier kom 'n ding, dink Maura ingenome.

Tant Huibrecht bedien koffie en koekies. Maura
proe skaars enigiets. John verslind 'n koekie, sluk sy
koffie en sê: "Kom ons gaan loop in die agtertuin."

Hy vat haar hand en hulle gaan na buite, na die
klein vrugteboord. Daar neem hy haar weer in sy arms.
Soos 'n drenkeling klou sy aan hom.

"Ek het jou innig lief," sê hy nadat hy haar lank ge-
soen het. "Van die eerste oomblik wat ek jou gesien
het, eintlik. Al het ek gedink jy's die soort meisie wat

graag harte breek. Ek het juis uit 'n slegte ervaring gekom. Dit het gemaak dat ek nie weer 'n meisie wou liefkry nie, maar ek kon dit nie verhelp nie."

Sy lag saggies. "Ek het weer gedink jy's arrogant, maar ek het eintlik ook van die begin af meer vir jou gevoel as wat ek wou."

Hy soen haar weer en hulle verken mekaar se monde lank, en heerlik. Sy snak behoorlik na asem toe hy haar mond bevry. Sy begeer hom met haar hele lyf. Nou weet sy hoe dit voel om iemand so sterk te begeer dat jy sal toelaat dat hy met jou liefde maak, al is julle nie getroud nie.

Sy gesig is ernstig. "Ons kom perde buit. Daarna moet my groep verkenners oos gaan, na generaal Botha. My vriende van die Theron-verkenners is besig om treinspore op die Delagoabaai-spoorlyn op te blaas en treine te ontspoor wat troepe vervoer en baie voorraad het om te buit. Ek moet daar gaan help. Dit sal lank wees voordat ek jou weer sien. Sal jy my in jou hart hou en vir my wag?"

Haar oë vul met trane by die aanhoor van dié nuus. "Natuurlik sal ek jou in my hart bêre. My gebede gaan saam met jou. Ek sal vir jou wag tot wanneer ook al. Jy moet net terugkom na my toe."

"Ek sal my bes doen. Eendag is die oorlog verby, dan maak ek jou my vrou. As jy my nog wil hê."

"As jy mý nog wil hê."

"Ek sal nooit ophou om jou te wil hê nie, my pragtige en dapper Maura."

Hulle bring 'n paar betowerende ure saam deur, en toe moet die twee offisiere gaan. Maura kan haar trane nie keer toe sy kyk hoe hulle doodsveragtend in die straat af loop nie. Om in 'n Britse uniform betrap te word, is om die doodsvonnis te kry.

"'n Mens sou sowaar nie dink hulle is Boere nie. Mag hulle tog veilig by Jopie se huis uitkom."

Lenie sit haar arm om haar skouers. "Ek weet hulle sal veilig wees. Ek voel dit net aan. Ek kan nie glo dis dieselfde Hans Potgieter wat ek destyds geken het nie. Hy het werklik 'n man geword."

Maura vee haar trane af en glimlag. "Ja, Hans het sowaar 'n man uit een stuk geword. Kan ek asseblief vannag by julle oorslaap? Ek wil môre weet dat hulle veilig met die perde gevlug het, of nie. As ek by die huis gaan wag, sonder nuus, word ek mal."

"Natuurlik kan jy. Ons wil ook weet of hulle veilig is. O, dis so opwindend. Is hulle nie dapper nie?"

John beduie dat hulle versigtig moet naderkruip. Daar is twee gewapende wagte wat op en af voor die perdestalle marsjeer. Hulle loop weg van mekaar na die verste punt, draai om en loop weer na mekaar toe.

"Moenie skiet nie, ons wil niemand doodmaak nie," fluister hy. "Piet en Hans, hou julle gewere op die wagte gerig. Sodra hulle die verste punte bereik, storm ons ander in en kry die perde."

Hulle wag totdat die wagte van mekaar wegbeweeg. John wink. "Kom!" Hulle storm in. Toe die verbaasde wagte naderstorm, kyk hulle in Hans en Piet se oorgehaalde gewere vas.

"Just stand dead still, and nobody will get hurt," sê Piet.

"Give the alarm, and you are dead," sê Hans.

Doodverskrik staan die wagte botstil.

John en sy manne sny die perde se halters los en jaag hulle uit. Elkeen bestyg 'n perd en jaag ander perde aan. Laastens draf Hans en Piet na hulle perde, en dan jaag almal onder die wagte se geweervuur na die oop veld. Koeëls fluit by die burgers se ore verby.

Toe hulle ver genoeg is, stop hulle en bekyk die perde wat hulle gebuit het.

"Twaalf goed opgeleide, gesonde spogperde," jubel John. "Ons het daardie Kakies ore aangesit, manne."

Jopie kom vroeg die volgende oggend na die Krugers se huis.

"Ek is op pad winkel toe, maar ek wil net vir julle vertel dat gisteraand se perdestelery suksesvol af-geloop het. Nie een van ons manne is beseer nie en daar is verskeie perde weg."

Maura wat skaars geslaap het van spanning, is oor-stelp van vreugde en omhels hom behoorlik. "Dankie, dankie, dankie!"

Hy giggel, bloedrooi in die gesig. "Ek het nooit ge-twyfel dat hulle dit sal regkry nie."

❧ EEN EN TWINTIG ❧

Maande van wag, wonder en bekommer gaan verby. Maura hoor by Jopie van die Boeremagte se nederlaag tydens die Slag van Bergendal, en dat president Kruger landuit is na Portugees-Oos-Afrika. Al wat sy van John en die verkenners hoor, is dat hulle steeds die Kakies treiter, maar daar's min besonderhede beskikbaar.

Sy is weer eendag by Lenie-hulle om elke bietjie nuus wat daar is, uit hulle te kry.

"Daar loop glo baie Boere oor na die Engelse," sê tant Huibrecht verontwaardig. "Hulle is joiners en hensoppers. En daar is van hulle wat glo aansluit by iets wat die National Scouts genoem word, en wat vir die Engelse teen hulle eie mense veg. Sulke laakbare gedrag! Sulke verraad kan ek amper nie glo nie. Ons mans en seuns veg, kry swaar, maar beur voort. Hulle verloën nie hul eie mense nie."

"Wanneer gaan dié aaklige oorlog ooit einde kry?" vra Maura moedeloos.

Sy voel skuldig omdat haar vader 'n oorloper is en sy nog in betreklike weelde lewe terwyl ander mense om hulle swaarkry.

"Die Engelse doen vreeslike dinge," sê tant Huibrecht. "Om te keer dat die vroue op die plase die kommando's help, brand hulle plaashuise af, maak vee dood, verwoes landerye en die ergste van alles: Hulle het nou kampe waarheen hulle die vroue en kinders en mans wat nie veg nie, stuur. Tronke in die veld."

"Dis verskriklik, Tante."

"Hulle het 'n kamp opgerig op die Irene-plaas en stuur vroue en kinders van oral soontoe," sê Lenie. "Hulle het dokters en verpleegsters en soek hulpverpleegsters ook. Ek en 'n paar vriendinne is gewillig om ons dienste aan te bied. Wat van jou?"

Maura weet haar ouers sal dit beslis nie goedkeur nie, maar sy wil graag gaan help. Dan voel sy minstens nie so skuldig oor haar eie bevoorregting nie.

"Ek wil help, maar ek moet seker eers Vader se toestemming kry. Hy het vreeslik beswaar gemaak toe ek in die Bourke Hospitaal wou verpleeg."

"Pols hom dan, en kyk of jy hom kan oortuig," sê tant Huibrecht, maar sy klink nie optimisties nie.

Juis dit maak Maura vasberade om die geveg van haar lewe by die huis op te sit. Sy sal dreig om weg te loop, indien nodig. Irene is tog naby aan Doornbosch. Hoe kan sy gesond en goed gevoed in 'n gerieflike huis sit en lekkerkry, maar net oorkant 'n heuwel of twee is mense besig om in 'n kamp te ly?

Nie dat sy in haar gemoed lekkerkry nie. Dit is vol angels en bekommernis, want sy hoor niks van John nie en die maande sleep verby.

Maura word in die tent wakker en staan moeisaam op. Hoe voel sy dan nou so krank? Haar kop en lyf is seer.

Die werk wat sy en Lenie en die ander verpleeg-sters doen, is uitmergelend. Elke oggend wonder sy hoeveel kinders in die nag gesterf het. Dit is hartver-skeurend. Die vorige dag was daar ses lykies en sy moes hoor hoe die moeders ween.

Vandag word sy deur 'n ander verpleegster af-gelos. Die werk is só swaar dat hulle kort-kort afgelos moet word om te keer dat hulle nie self siek word nie. En vandag voel sy sowaar oes, eintlik amper koorsig.

Ruk jou reg, raas sy met haarself. Jy is net moeg en ontsteld ná gister se ontberings. Sy moes ook af-skeid neem van mense wat nie wou hê sy moet gaan nie; hulle het aan haar vasgehou en gehuil. Dit was genoeg om haar hart te breek.

Sy eet 'n skamele ontbyt, groet die kamppersoneel, gaan met haar sak na die stasie en klim op die trein na Pretoria. Sy het die afgelope dae nog heeltyd gedink sy moet na generaal Maxwell gaan en by hom kla oor die onmenslike toestande in die kamp.

Terwyl die trein klikke-klakke oor die spore, dink sy wat sy vir hom gaan sê. "Die mense het nie komberse nie. Hulle slaap op die grond. Die kinders gaan op strepe dood aan allerhande siektes. Hulle ly honger, want die kos is hopeloos ontoereikend."

Kon sy maar vir hulle kanne melk aangery het …

Teen die tyd dat die trein by Pretoria-stasie intrek, is sy egter só siek dat sy skaars kan staan. By generaal Maxwell gaan sy sowaar nie nou uitkom nie.

Sannie Tredoux, een van die ander hulpverpleeg-sters wat afgelos is, kyk besorg na haar. "Jong, jy is siek. Ek gaan 'n perdekar kry dan neem ek jou huis toe."

"Ek woon buite die dorp," sê Maura floutjies. "Neem my asseblief na Lenie se huis in Jacob Maréstraat."

Sy laat haar lei en iemand dra haar sak. Sannie moet haar ondersteun. "Jong, jy's vuurwarm. Rooi in die gesig. Ek dink jy het iets aangesteek by die kamp."

Maura is omtrent deurmekaar toe sy by die Krugers se huis ingehelp word en sy hoor tant Huibrecht se besorgde stem. "Bring haar kamer toe."

Daarna is sy van niks bewus nie.

Een oggend word sy wakker. Voel swak soos 'n pasgebore lammetjie. Sy is in haar ou kamer in tant Huibrecht se huis. Aan haar lyf is 'n nagrok wat seker aan Lenie behoort. Sonlig stroom by die venster in. Voëls sing buite in die tuin en sy hoor perdepote in die straat klop. Sy lê stil en probeer onthou wat alles gebeur het. Haar keel is seer en haar kop voel asof dit met watte opgestop is.

Tant Huibrecht kom met 'n voorskoot aan by die deur in. "Ai, dankie, Heer, jy's wakker. Jy het só erg koors gehad dat jy geyl het. My arme kind. Jy het heeltyd na John geroep."

"Dankie dat Tante my versorg het." Haar stem kom swak en fluisterend uit. "Hoe lank lê ek al hier?"

"Twee dae en twee nagte. Die dokter het gesê jy het erge griep en jy moet rus of dit gaan sit op jou longe. Ek gaan vir jou sop en brood bring. Jy het skaars iets behalwe gortwater ingekry terwyl jy siek was."

"Weet Vader-hulle dat ek hier is?"

"Ek het Theunsie na hulle gestuur. Hulle wou jou kom haal, maar ek het gesê jy moet eers aansterk voordat jy kan huis toe gaan."

Maura sug. "Ek het so hard baklei om in die kamp te kan werk, Tante. Nou gaan Vader-hulle my verwyt omdat ek nie na hulle waarskuwings geluister het nie."

Tant Huibrecht glimlag. "My liewe kind, hulle sal jou seker verkwalik en verwyt, maar teen dié tyd weet hulle ook al goed dat as jy jou kop op 'n ding gesit het, kry niemand dit daarvan af nie. Ek gaan haal vir jou sop."

Tant Huibrecht kom met 'n bakkie stomende sop en 'n sny brood. Sy voer Maura asof sy 'n baba is.

Maura sluk swaar, maar voel tog aansienlik beter ná sy gevoed is. "Dankie, liewe Tante. Ek moet gesond word, want ek wil by generaal Maxwell gaan kla oor die haglike toestande in die kamp."

"Jy kan ontspan. Iemand anders het dit gedoen en hy het glo gaan kyk. Lenie sê hy was só geskok dat daar sommer dadelik verbetering begin kom het. Moenie teruggaan nie. Daar is verskeie vroue wat toustaan om jou plek te neem. Jy het jou deel gedoen."

Maura lê terug teen die kussing. "Ek voel asof ek nooit genoeg my deel kan doen nie, Tante."

"Ek verstaan, maar jy wil darem nog lewe wanneer John eendag terugkeer, wil jy nie?"

Trane brand in Maura se oë. "Ek bid elke dag dat hy veilig sal terugkom, Tante. Ook Tante se mansmense."

"Ek ook, my kind. Ek ook."

Uiteindelik, ná 'n lang en uitgerekte guerrillaoorlog en nadat duisende vroue en kinders in die kampe dood is, en baie Boere na krygsgevangenekampe gestuur is, maak die Boere en Britte vrede.

"Ek het mos gesê die Boere sal nooit teen die Britte kan wen nie," sê Clarence Cloete, en sy seun en vrou knik instemmend.

Maura wil skree as sy dit hoor, al dink sy eintlik ook lankal so. Die reste van die kommando's keer terug na hul tuistes. Boere wat om hulle gewoon het, kom huis toe.

Sy gaan na Lenie-hulle toe op die dag toe die Vrede van Vereeniging by Melrose Huis naby hulle geteken word. Hulle staan in die straat voor die huis en sien die Boereleiers en die Britse leiers. Maura voel verligting dat dit nou uiteindelik verby is, maar ook hartseer. Waarvoor was al die lyding? Dit was alles verniet.

Samuel en Roelf en hulle vader is terug. Maerder, in flenterklere, en bitter oor hulle die oorlog verloor het. Tant Huibrecht verwelkom haar mansmense met 'n groot maaltyd. Maura eet saam en is heeltyd bewus van Samuel se donker oë op haar.

Die Krugers is terug, hulle bure is terug, maar waar is John en Hans?

Dit is lekker om tant Huibrecht se blydskap te sien, maar in Lenie se oë sien sy ook die kwelling: Waar is Hans en John? Kom hulle terug?

Maura vra vir Samuel of hulle iets van die twee weet.

"Nee," antwoord hy. "Hans het nie weer by ons aangesluit nie. Sover ek weet het hulle treine opgeblaas en Kakies beroof. Dalk lewe hulle nie eens meer nie."

Lenie se oë is vol trane.

"Haai, Sus, wat gaan aan met jou?" vra Samuel.

"Sy dink aan 'n sekere jong man," sê tant Huibrecht sag. "Nè, my liefkind?"

Lenie vee haar oë af, maar antwoord haar ma nie.

"En wie is dit nogal?" vra Samuel.

"Hans Potgieter," blaker Theunsie uit.

"Wat?! Daai bleek vent? Ek glo dit nie."

"Hy's nie meer bleek nie!" roep Theunsie uit. "Hy lyk amper so taai soos jy."

Net ná ete vlug Maura huis toe. Sy kan nie meer die verlangende kyke wat Samuel haar gee, verduur nie. Sy is bekommerd. Vreesbevange. Sê nou net John het gesneuwel? Wat kon tog van hom geword het?

Maura is op die punt om met haar perd dorp toe te ry. Sy lei die merrie by die stal uit.

Haar asem slaan in haar keel vas.

'n Ruiter kom stadig op 'n groot wit perd na die huis aangery. Dit is 'n Boer.

Sy los haar perd en begin hardloop. Lig haar lang romp sodat sy nie struikel nie.

Die man klim van sy perd af en kyk na haar. Dit is John. Hy's nie so verflenterd soos Samuel-hulle was nie en dra ook nie klere wat soos 'n uniform lyk nie. Hy is vir haar die mooiste man op aarde. Hy maak sy arms oop. Uitasem en snikkend hardloop sy in sy omhelsing in.

"Jy is terug!" roep sy, haar arms om sy dierbare, sterk lyf. "Ag, dankie, Here, jy is veilig terug."

Hy druk en soen haar, tel haar op en draai met haar in die rondte totdat sy hom laggend smeek om op te hou.

"Ek het jou mos belowe, my lief, en ek hou altyd my beloftes." Hy kyk by haar verby. "Daar staan jou vader op die stoep. Ek moet hom seker groet."

Henry kom by die voordeur uitgehardloop. "Jou verdomde perdedief! Hier is jy weer."

"Bly stil!" bulder sy vader, en hink by die stoeptrappe af. Kom nader en steek sy hand uit na John. "Ek is bly jy het oorleef, ou seun."

"Dankie, oom Clarence. Ek is regtig jammer oor die perd; hy is dood, maar ek sal Oom terugbetaal …"

"Dis nie nodig nie, jong man. Welkom terug."

"Ek gaan nie hier bly nie, Oom. Ek bly voorlopig by Jopie in Pretoria. Ek het gekom om Maura te sien. Ons het mekaar lief."

Maura hou aan John vas. "Ja, ons het, Vader. En of Vader dit goedkeur of nie, ek sal nooit van John afstand doen nie."

Clarence staar na die twee. Knik naderhand. "Ja, jy was altoos so koppig soos 'n muil, my kind. As dit die man is wat jy wil hê, sal ek nie in julle pad staan nie. Wat sal dit in elk geval help?"

"Kom in vir iets te ete en te drinke," nooi Maura met blink oë.

"Ek glo nie jou moeder sal my verwelkom nie."

"Sy's nie die baas van die huis nie," sug Clarence. "Kom in, en drink koffie. Laat jou perd eers rus voordat jy terugry."

Ngafane kom aangehardloop. "Hau! Dis kleinbaas John. Hy is terug!"

John glimlag vir hom. "Dag, Ngafane. Ja, ek is terug van die oorlog, maar ek sal in die dorp bly."

"Die kleinbaas kom nie terug na Doornbosch nie?"

"Nee. Sal jy asseblief my perd versorg? Ek ry nounou weer terug Pretoria toe."

"Dan ry ek saam met jou," sê Maura. "Ek was amper op pad toe jy hier aankom."

Maura vat John se hand en lei hom by die huis in. Clarence volg hulle na die voorkamer. "Sara!" roep hy. "Bring koffie en beskuit, asseblief."

In die voorkamer sit Maura langs John op die bank en druk haar kop teen sy boarm. Sy is so bly om hom te sien dat sy hom nie kan los nie. Haar moeder verskyn in die deur, gluur hom aan, en verdwyn weer. Henry bly ook buite sig.

Clarence kyk met 'n wrang glimlag na John. "Jy herinner my aan myself op jou ouderdom. Voortvarend, doen nie altyd die wyse ding nie, maar dan werk dit tog reg uit. Ek wou ook nie voorgesê word nie. Jy kon mý seun gewees het; ons het soveel van dieselfde eienskappe. Sonder jou hulp hier het dit maar broekskeur gegaan. Ons beeste is kort-kort gesteel en ek vermoed dis die kommando's wat die goed kom buit het. Groot skade, maar hier sit ek darem nog. Ek kon geruïneer gewees het."

"Die land is verwoes," sê John. "Julle weet nie in watter woesteny dit omskep is nie. Plase sonder huise, niks groei nie, alles is dood. Die mense kom terug van kampe en moet weer van voor af begin. Mans is dood, vroue en kinders ook. Dit gaan jare neem om alles te herstel. En die ou ZAR is tot niet. Nou is dit 'n Britse kolonie."

Sara kom in met die skinkbord en kyk verstom na John. "Kleinbaas John is terug!" eggo sy Ngafane se woorde.

"Ek kom net groet, Sara, dan gaan ek weer."

Nadat hulle die koffie en beskuit geniet het, vra Clarence: "Wat beoog jy om nou te doen, John?"

"Die posdiens werk darem weer. Ek het aan my moeder geskryf. As my vader my onterf het, bly ek hier en vind iets om te doen. As hy sê ek moet terug-gaan, sal ek dit oorweeg. Ek het hierheen gekom om soos oom Clarence my fortuin te soek, om op my eie voete te staan, maar die land is geheel en al verwoes, dit lyk amper nie vir my moontlik nie."

"Jy kan my plaasvoorman word en in die kothuis bly?"

"Dankie, maar nee dankie, Oom. Ek bly nie hier waar mense my só fel haat dat hulle my skade wil berokken nie."

Hulle weet hy praat van Henry, en Clarence sit daar met 'n stugge gesig.

"Ek gaan nou ry. Kom jy saam, Maura?"

"Ja. My perd is gereed."

❦ TWEE EN TWINTIG ❧

Hulle ry langs mekaar in dorp toe.

"Ek kan amper nie glo daar is nie meer wagte wat permitte vra en doringdraad wat alles afkamp nie," merk Maura op. "Dit was vreeslik om altyd so aan bande gelê te word."

"Die platteland is ook oral afgekamp en die Britte het blokhuise gebou waarin soldate kon skuil en op die Boere skiet. Hulle laat hierdie land in 'n vreeslike toestand agter."

Hy klink bitter. Daar is soveel waaroor hulle nog kan praat, dink sy. Sy het ervarings waarvan sy hom kan vertel en hopelik vertel hy haar van syne wat sekerlik meer avontuurlik is as hare.

"Het jy al vir Lenie-hulle gesien?" vra sy.

"Nee."

"Kom dan saam met my soontoe?"

Die militêre teenwoordigheid is nog oral, maar nou voel sy nie meer angstig as sy soldate en offisiere sien nie. Geen berede polisie sal haar meer voorkeer en vra waarheen sy op pad is nie. Die aantreklike man aan haar sy lyk nou soos 'n gewone burgerlike inwoner van die dorp. Hulle behoort hom ook uit te los.

Die Krugers is almal tuis. Maura en John word deur almal behalwe Samuel gul verwelkom. Maura kry die indruk dat Samuel nie eintlik bly is om John weer te sien nie en sy kry hom jammer. Het hy tog nie nog hoop gehad dat hý haar gaan kry nie? Al verag hy haar familie. Toe hy voor die oorlog by haar kon opsit het, het hy nie. Hy het sy kans verbeur.

Sy is dankbaar dat dit so gebeur het.

Hulle sit almal in die voorkamer en praat oor wat hulle nou te doen staan.

"Ek was 'n regeringsamptenaar en nou sit ek ledig," sê oom Roelof. "Ek sal iets moet vind om te doen om ons aan die lewe te hou."

"Ek dink nie ek kan hier bly nie," sê Roelf moedeloos. "Miskien moet ek Kolonie toe gaan en daar iets soek."

"Hans en Jopie wil saam 'n nuwe winkel begin," sê Lenie. "Hulle sê 'n mens kan nie daarmee verkeerd gaan nie. Hier is baie mense wat goed koop."

"Jopie het so iets genoem," sê John. "Hy wou hê ek moet ook saam in die besigheid gaan, maar ek is nie 'n winkelier nie. Dit sal my vreeslik frustreer."

Tant Huibrecht sug. "Die mense is verarm, maar die klomp Engelse sal natuurlik kan koop. Wat gaan jy doen, John? Teruggaan Kolonie toe?"

"Ek sal nog sien, Tante."

Aan die kyke wat hy kry, lei Maura af dat hulle dink hy bly om haar onthalwe.

Hulle bly ook vir middagete en die mans vertel van hul wedervaringe.

"Danie Theron is ook dood, in die Gatsrand," vertel John. "Hy het my genooi om by sy verkenners aan te sluit en as daar ooit iemand was vir wie ek heldeverering gehad het, is dit hy."

Maura druk sy hand onder die tafel.

"Ek en Maura het in die konsentrasiekamp gaan verpleeg, maar toe word Maura siek en moes ophou," sê Lenie.

Hulle vertel gruverhale van wat hulle gesien het; die ander luister met somber gesigte. Naderhand herinner tant Huibrecht hulle dat dit laat word. "Tensy Maura wil oorslaap?"

Maar Maura weet die huis is nou vol en sy moet terug huis toe. "Nee, dankie, Tante. Ek ry nou. Dankie vir die gasvryheid vandag. Ons het heerlik gekuier."

"Ek sal met jou saamry tot by jou huis, en terugkom," sê John.

Sy glimlag liefdevol vir hom. Hoe lekker is dit om 'n beskermer te kry. Om te weet iemand is só lief vir jou dat hy enigiets vir jou sal doen, al is dit ongerieflik.

Maura is in die tuin besig toe sy 'n ruiter sien aankom. John! Sy loop hom tegemoet met 'n hart wat warm klop.

Hy klim van die perd af en omhels haar. Soen haar lank en hartstogtelik. Hou haar teen hom vas. "Ek het 'n brief van my moeder gekry."

Maura kyk op in sy gesig en nou sien sy dat hy hartseer lyk. "Het jy slegte nuus gekry, my lief?"

"Vader is al ses maande gelede oorlede. My moeder smeek my om terug te kom en te help. Sy bied selfs aan om die buurplaas Highgrove vir my te koop. Daar is 'n pragtige huis op. Die weduwee wat daar woon, wil na haar dorpshuis trek. My moeder kom nie met my skoonsuster oor die weg nie en sy sê my broer suk-

kel sonder ons vader. Is dit 'n bestiering? Sou jy daar
wou gaan woon?"

Maura is skoon lamgeslaan. Sy moet 'n kopskuif
maak. Haar vader het meer as een keer vertel dat
John se familie ryk is, maar dat John se vader bekend
was vir sy beneuktheid. Nou is daardie moeilike man
dood en die moeder wil John soos die verlore seun
terug verwelkom.

Sy soen hom. "Ja, John. Dit is 'n bestiering."

"Ek gaan nie sonder jou nie."

"Waar jy gaan, sal ek gaan, en diegene vir wie jy
liefhet, sal ek ook liefhê."

Hy soen haar. "Sal jy dan met my trou, my lief? So
gou moontlik."

"Ja, met my hele hart, ja!"

Sy kan nie glo dat sy sulke geluk verdien nie, maar
sy ry op 'n hoë golf. Alles wat deurmekaar was, val
nou weer in plek.

Maura het nie 'n trourok nie, maar sy dra haar mooi-
ste tabberd. Saam met John staan sy voor dominee
Bosman in die NG Kerk. Lenie is haar strooimeisie.
Jopie, trots en uitgevat, is John se strooijonker. Al
ander mense by die troue is tante Huibrecht, oom
Roelof en Roelf, Hans Potgieter, tant Anna Taljaard
en Clarence Cloete. Henry, Eileen en Samuel is afwe-
sig.

Clarence het toe hy sy seën en toestemming gee,
ook aangebied om vir Maura 'n bruidskat te gee. "My
dogter gaan nie met niks hier weg asof haar vader
armlastig is nie."

Ná die troue ry Maura en John met 'n kapkar na

die Transvaal Hotel op Kerkplein. Die volgende dag gaan hulle per trein af suid, na die Kolonie.

Dit is swaar om van almal afskeid te neem en die trane loop uit etlike oë. Clarence hou hom eenkant. Hy is mos die joiner wat sommer gou na die Engelse oorgeloop het en die Krugers is kil tot vyandig. Hy ry ook dadelik terug plaas toe.

Maura het haar dwarsdeur die oorlog vir hom geskaam, maar sy kry hom nogtans jammer. Hy lyk lankal nie meer lief vir haar moeder nie. Sy seun is 'n teleurstelling. Al wat hy het, is sy rykdom waaraan hy vasklou en waarvoor hy, volgens hom, baie hard gewerk het. Materiële goed is vir hom die belangrikste in die lewe. Hy het omtrent sy siel daarvoor verkoop en die hoon van baie mense op die hals gehaal.

Sy is dankbaar dat sy kan wegkom uit die giftige omstandighede wat nou hier heers.

"Uiteindelik kry ek jou alleen," sê John skor van ingehoue passie. Hy trek haar nader, sit sy arms om haar slanke lyf en soen met opgekropte oorgawe die rooi lippe waarvan hy oor maande en jare gedroom het.

Haar kreun, haar arms om sy nek, laat 'n vuur in hom brand. Hy kan haar nie gou genoeg ontklee nie. Sien uiteindelik die mooi lyf ontbloot, en só begeerlik. Hy pluk omtrent sy klere af, neem haar na die bed en lê haar neer.

"Om te dink dit is alles myne," sê hy gulsig. Bekyk elke deel van haar met gloeiende oë. "Ek het jou ontsaglik lief, my vrou. Jý het my deur die oorlog gedra."

En toe omvou hy haar, hoor haar liefdeswoorde in

sy oor, en neem besit van haar soos hy gedroom het hy eendag sou. Hulle word deur ekstase meegevoer.

Die stasie is besig en daar is baie Engelse troepe ook. John en Maura se bagasie word na 'n eersteklaskompartement geneem.

Op die perron groet hulle vir Jopie wat daarop aangedring het om hulle af te sien, al het hy hulle reeds die vorige dag by die kerk gegroet.

Maura is ingehaak by John en sy glimlag vir Jopie. Haar glimlag verstyf en gly af. 'n Britse offisier staan vir hulle en kyk.

Kaptein De Vere.

Hy kom nader. "I see you are leaving."

"Yes, and we are married," antwoord sy.

John staan doodstil en kyk die offisier kil aan. Sê niks. Jopie se gesig is strak. Sy vuiste is gebal.

"Well, I wish you all the best," sê die kaptein smalend, draai op sy hakke om en loop weg. Verdwyn tussen die mense.

"Wie's dié nare vent?" vra Jopie.

Maura vertel hom kortliks.

"Wel, jy het hom uitoorlê, ou John," spot Jopie.

Die trein fluit en die passasiers klim op. Vir oulaas omhels die pasgetroudes vir Jopie en klim dan gretig by hulle wa in. Die trein ruk en stoom bou op. Hulle kyk by die venster uit en waai. Die trein tel spoed op. Jopie raak al hoe kleiner in die verte.

"Totsiens, my klein vriendjie met die hart van 'n leeu," mompel John sag.

Saam sit hulle op die bank, styf teen mekaar. Stilswyend kyk hulle hoe die Transvaal verby hulle venster snel, en soveel herinneringe neem hulle saam met hulle op hierdie reis wat uiteindelik hul eie geword het, 'n reis van blye verwagting.

Titels om na uit te sien in Junie 2023!

Joune – C M Christians

Ashton McKenzie weet wat hy in die lewe wil hê én hoe om dit te kry. Totdat hy vir Jesse ontmoet. Sy is die enigste vrou wat nié voor sy voete val nie. En ook die enigste vrou wat hy syne wil maak ...

Melktert vir die hart – Lizelle von Wielligh

Toe die sesde grensoorlog in 1834 op die oosgrens uitbreek, kruis Michael en Annie se paaie in moeilike omstandighede. Sal Annie haar hart volg, of eerder die pad van plig kies wanneer sy voor die grootste besluit van haar lewe te staan kom?

'n Motorfiets vir twee – Ilze Beukes

Katja voel reeds gemaklik met haar plekkie op die rak. Haar lewe ongekompliseerd en gevestig, tot sy Xavier en sy seuntjie ontmoet. Alles voel oorweldigend en om haar weghol-skoene aan te trek, klink na die beste oplossing. Of is dit tyd om kanse te waag?

Rimpelinge – Madelie Human

Elani is oortuig mans raak nie sommer aangetrokke tot haar nie, want haar reputasie as syferkop en boekwurm loop haar vooruit. Rick is egter 'n ander saak, verál wanneer Elani se byna kinderlike onskuld wat die liefde betref sy hart begin roer ...

Beskikbaar by www.lapa.co.za of by jou naaste boekwinkel